KB039300

신과 함께
살아온 사람들

이야기로 만나는 23가지 한국신화

이상권 지음

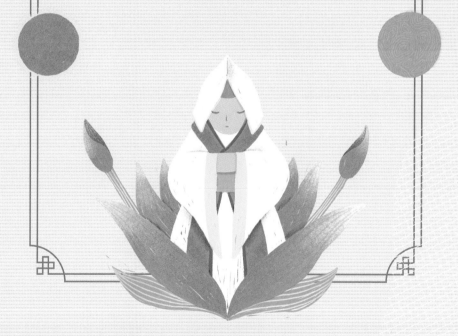

㈜ 자음과모음

차
례

4장 나쁜 귀신들을 막아 주는 신

5장 죽어서 다시 신으로 환생한 사람들

바람이 많이 부는 토요일 저녁이었다. 채영이를 만나기 위해 지하철에서 내리자마자 빛의 속도로 뛰어갔다. 오다가 지하철이 고장으로 멈춰서는 바람에 약속 시간에서 10분 정도 지나 버렸다.

오늘 약속은 내가 우기다시피 해서 정했다. 우린 지난 추석 연휴에 만난 이후로 지금까지 만나지 못했다. 이상하게도 약속을 잡아놓으면 이러저러한 일이 생겨서 만날 수가 없었다. 채영이는 느긋하게 보자고 했지만 난 그럴 수가 없었다. 왠지 오늘이 아니면 겨울방학 때까지 못 만날 것만 같았다. 그래서 저녁에 잠깐이라도 보자고 했는데 채영이는 잠깐 망설이더니 뭔가 생각난듯 말했다.

"좋아. 그럼 우리 이모네 같이 갈래? 이모가 카페를 하시거든. 오늘 이모 생신이라 거기 가야 해. 이모가 혼자 사시는데 올해는 엄마, 아빠 두 분 다 바쁘셔서 나 혼자 가게 됐어. 같이 갈 맘 있으면 나오고. 이모는 너 알고 있어. 내가 몇 번 말했거든. 너만 어색하지 않다면 괜찮은데, 어때?"

나는 잠깐 망설이다가 휴대전화를 꼭 쥐고는 "좋아" 하고 말했다. 이모님을 만난다는 것이 약간 부담스럽지만, 오늘 채영이를 만나지 않으면 당분간은 못 볼 것 같아서 어쩔 수 없이 선택했다.

서둘러 준비하고 약속 장소에 도착하니 채영이가 보이지 않았다. 숨을 헐떡거리면서 휴대전화를 끄집어내 시간을 확인하는데, 뒤쪽에서 "순관아!" 하고 채영이가 나를 불렀다.

채영이는 제과점 안에서 나오고 있었다. 그럼 그렇지, 채영이가 약속 시간에 늦을 리 없지. 웃을 때가 더 예뻐 보이는 채영이가 환하게 웃으면서 내 손을 잡았다. 순간 채영이의 체온이 온몸으로 스르르 퍼지는 것 같았고, 나도 모르게 채영이 손을 더 꽉 잡았다. 그러면서 다시 한번 물었다.

"진짜 내가 같이 가도 되는 거야?"

"이모한테 말했더니, 식구도 없는데 더 잘된 일이라며 어서 오라고 하셨어. 우리 이모 쿨하셔. 그래서 가끔은 엄마보다 이모가 더 편할 때도 있어. 너도 좋아할 거야. 거의 다 왔네. 여기서 멀지 않아."

채영이 말대로 충무로역에서 남산 쪽으로 10여 분 걸어가니 이모님이 하는 카페가 보였다. 출입문에는 '매달 첫째 주 토요일은 휴일'이라는 팻말이 붙어 있었다. 그러니까 오늘은 휴일이었다.

카페 안으로 들어가자마자 "어서 오너라" 하며 이모님이 반겨 주었다. 이모님 나이가 60대 초반이라고 들었는데 훨씬 젊어 보였다. 목소리는 허스키했고 큰 눈망울이 채영이랑 많이 닮았음을 알 수 있었다.

"반갑다! 네가 순관이구나! 채영이 친구니까 말 편하게 할게. 그래도 되지? 이렇게 같이 와 주어서 정말 고맙다. 자, 앉아라. 내가 스파게티 해 놨는데 순관이도 괜찮지?"

나는 어색하게 이모님이랑 눈을 마주치면서 고개를 끄덕였다. 카페는 바깥에서 보는 것보다 크고 넓었다. 모임을 할 수 있도록 칸막이로 나눈 공간도 세 군데나 있었다. 카페 안에는 책이 많아서 마치 북 카페처럼 보였다.

채영이가 케이크를 꺼내며 생일 축하 노래를 불렀고, 자신이 직접 쓴 손편지도 읽었다. 가슴이 뭉클했다. 채영이가 편지를 다 읽자 이모님은 "난 우리 채영이가 써 주는 편지가 제일 좋아. 앞으로도 쭉 받을 수 있는 거지?" 하고는 안아 주었다. 난 그 모습을 카메라로 찍었다. 이모님은 나를 보며 "채영이 남자 친구가 왔는데 뭘 선물로 줄까? 혹시 이런 거 좋아하니?" 하고는 알록달록한 목걸이를 내밀었다.

돌잔치 때 돌잡이 물건으로 오색종이나 오색실을 올리기도 한다. 원래는 무병장수를 기원하는 의미가 담겨 있으나 근래에는 아기가 오방색을 집으면 연예인이 된다고 해석한다. 오방색에 대한 해석이 시대에 따라 달라지고 있다.

나는 그걸 보자마자 오방색이 아니냐고 물었다.

"맞아, 이게 오방색이야. 색깔 예쁘지?"

"아, 그러네요. 하하!"

나도 모르게 당황하고 말았다. 그 목걸이를 보자마자 K라는 사람이 떠올랐다. 대통령 선거 때 후보로도 나간 적이 있는 K는 항상 오방색이 수놓아진 개량한복을 입고 다녔으며, 자신이 어지러운 세상을 구하기 위해서 왔다는 말을 무시로 했다. K는 대통령이 되면 청년들에게 1억 원씩 지급하겠다고 말해서 웃음거리가 되기도 했다. 가끔씩 언론에 정치인이나 대학교수, 문화평론가라는 사람들이 출연해 그를 비판하기도 했다.

"K가 입고 다니는 오방색 옷을 보면 소름이 끼칩니다."

"아직도 샤머니즘을 믿다니, 정신 나간 사람 같습니다."

그러니 내가 오방색 실을 꼬아 만든 목걸이를 보고 당황스러워한 것은 당연할지도 모른다. 채영이가 나를 보고는 낮게 말했다.

"솔직히 나도 이모가 준 팔찌랑 목걸이는 부담스러울 때가 많아. 다 오방색이 들어가 있잖아? 별 거 아닌 것 같아도 이런 것에 예민한 친구들이 있거든. 그런 친구들은 날 이상하게 생각해. 뭐야, 쟤무당집 딸 아냐 하는 식으로. 그래서 더 부담스러워. 괜히 이상한아이로 찍히는 것도 싫고……."

"어머! 그 정도니? 몰랐네. 그런 생각은 전혀 못 했어. 그래, 괜히이상한 아이로 손가락질 받을 필요는 없지. 오방색은 우리나라 전통색이고, 이상한 취급을 받을 까닭이 없는데 참으로 안타깝다만……."

이모님은 애써 웃음을 지으면서 그 목걸이를 다시 집어 들었다.순간 나도 모르게 말했다.

"이모님, 그거 주세요. 채영이도 가지고 있다는데 저도 하나 있으면 좋겠어요. 실은 제가 잘 몰라서 약간 거부감이 드는 건 사실이지만 여기에 담긴 의미를 알고 나면 괜찮을 것 같아요."

나는 이렇게 말한 내가 마치 다른 사람 같아서 몇 번이나 주위를 두리번거렸다. 그러자 채영이가 고맙다는 눈빛을 보냈다. 이모님은 약간 놀라는 눈치였는데 채영이 등을 톡톡 치면서 웃었다.

"이야, 역시 우리 채영이가 남자 친구 하나 제대로 골랐구나! 좋아, 이 정도는 돼야지."

"순관아, 우리 이모가 이 분야 전문가야. 민속학을 연구하셨고……."

나는 채영이의 말이 끝나기를 기다렸다가 이모님께 오방색이니, 샤머니즘이니 하는 것에 대해서 알려 달라고 말했다. 그러자 이모님은 환하게 웃으면서 주위를 두리번거리더니 두꺼운 화보집과 몇 가지 책을 가져왔다.

"나도 그 K라는 사람을 보면 대체 저 사람 정체가 뭐야? 정치인은 아닌 것 같고, 사기꾼 같은데 싶어. 암튼 그 사람이 오방색 옷을 입고 다니며 '내가 이 세상을 구하러 왔다'는 황당한 발언을 자주 하는 바람에, 오방색이 미신으로 취급되어 지탄을 받게 됐지. 그리고 잘 알지도 못하는 사람들이 언론에 나와서 '오방색으로 대변되는 샤머니즘'이 아주 나쁜 종교인 것처럼 몰아붙이고 있잖아.

근데 말이야, 샤머니즘은 수천 혹은 수만 년 전부터 우리 조상님이랑 같이 지내 온 신이란다. 난 그걸 말하고 싶어. 사람들이 샤머니즘이라고 하는 수많은 신을 더 이상 모독하지 말았으면 좋겠어. 그런 의미에서 내가 아는 것들을 들려줄게. 다만 내가 알고 있는 이

태어난 지 만 1년이 되는 생일날 아기가 입는 오방색 저고리. 아기가 건강하게 오래 살기를 바라는 염원이 담겨 있다. 돌복.

야기가 절대적인 것은 아니야. 그러니 비판적으로 듣고 아닌 것 같으면 넘겨도 돼."

"이모, 잘됐어. 실은 나도 궁금했거든."

채영이는 이모한테 반말을 했다. 그때마다 존댓말을 해야 하는 거 아닌가 하고 채영이랑 이모를 번갈아 보았는데, 둘은 그런 걸 전혀 의식하지 않았다. 순간 나도 저런 이모 하나 있으면 좋겠다고 생각했고, 은연중에 마음이 편해지고 있음을 느낄 수 있었다.

1장

새로운 생명을 주는 신

옛사람들은 하늘의 명을 받은
산신령이나 삼신할미가
아기를 점지해 준다고 생각했지.

· · · · · · · · ·

곰과 하늘님의 피를 받은 단군

―이모님! 먼저 궁금한 것부터 물어볼게요. 도대체 샤머니즘이 뭐예요?

―이모, 나도 궁금해. 요즘 샤머니즘이라는 말이 자주 뉴스에 나오잖아.

먼저 너희 휴대전화로 검색 한번 해 봐.

―샤머니즘은 초자연적인 존재와 직접 소통하는 샤먼을 중심으로 하는 주술이나 종교다. 이게 무슨 말인가요? 여기는 또 샤머니즘이 무속 혹은 원시종교라고 나와요. 이모님, 샤먼이 뭔가요?

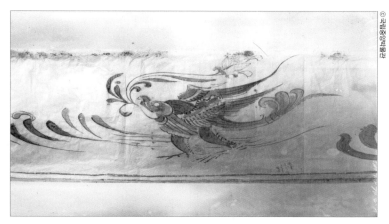

하늘을 나는 물고기가 신이 되어서 죽은 자의 집이나 다름없는 무덤을 지키고 있다. 과학이 발달하기 전에는 인간이 믿는 신은 아주 다양했고, 신을 믿는 것도 일상적이었다. 강서대묘 천장에 그려진 상상의 동물. 평남강서 강서대묘 현실 동물벽화모사도.

    샤머니즘이란 거기 나오는 것처럼 '옛날 사람들이 믿었던 원시적인 종교'라는 뜻이야. '원시종교'란 동식물이나 바위 같은 자연 물체뿐만 아니라 물, 바람, 번개, 달, 해, 별까지도 다 신으로 모시는 걸 말해. 작은 나무 하나, 돌 하나도 신이 될 수 있었단다. 아주 오래 전에는 성경이나 불경 같은 경전도 없었기 때문에 제대로 된 종교가 아니라 원시인 같은 종교라는 뜻으로 그렇게 불러.

    물론 난 그 말에 찬성하지 않아. 경전이 없다고 해서 원시적이라고, 혹은 세력이 약하다고 해서 함부로 '미신'이라고 부를 수는 없다고 생각해. 그건 각자 판단할 일이지만 나는 종교란 그 정신이 중요하다고 생각하거든.

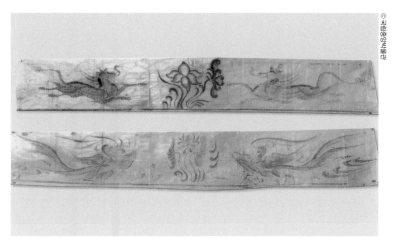

인간의 상상으로 만들어진 여러 동물 신들. 죽은 자들을 추모해 주고 살아 있는 사람에게는 희망을 가지고 살 수 있도록 정신적인 힘을 주었다. 평남강서 강서대묘 현실 기린과 봉황벽화모사도.

샤먼은 신과 인간 사이에서 양쪽을 중재하고 소통하게 해 주는 존재를 말해. 해와 달을 비롯하여 호랑이, 백호, 용 같은 초자연적인 신들이기 때문에 평범한 사람들은 그들과 소통할 수 없잖아? 말도 안 통하고, 만날 수도 없지. 그래서 그 역할을 해 주는 사람이 필요했던 것이지. 이런 사람들을 샤먼, 제사장, 주술사, 무당이라고 불러.

—아, 샤먼이 그런 뜻이구나? 그렇다면 목사님도 일종의 샤먼이라고 할 수 있지 않나? 하느님과 인간 사이에서 신의 뜻을 전달해 주는 역할을 하잖아. 스님들도 마찬가지고.

—그런가? 목사님이든 신부님이든 다 신과 인간 사이에서 서로

를 소통시켜 주는 역할을 하는 것 같기는 한데, 그분들한테 샤먼이라고 하면 어쩐지 싫어할 것 같아.

허허허, 아무튼 말이야. 샤머니즘을 군이 정리하자면 초자연적인 신(해와 달, 별, 물, 바람, 땅, 돌, 상상의 동물, 온갖 동식물)이 샤먼이라는 중재자를 통해서 인간과 소통하는 행위를 말해.

단순하게 말하면 샤머니즘은 그냥 초자연적인 신과 그걸 믿는 사람들을 의미하는 거야. 이 신들의 역사는 아주 오래 되었어. 전 세계 모든 민족들은 긴 시간 동안 초자연적인 신을 믿으면서 살아왔어. 그게 샤머니즘이야.

─아하, 그렇구나! 그럼 K가 나쁜 사람인 것은 맞지만 그렇다고 해서 그 사람이 입고 다니는 오방색 옷만 보고 샤머니즘이 나쁘다고 몰아붙이는 건 문제가 있네.

─채영아, K는 샤머니즘을 이용한 것 같아. 언론에서는 잘 모르고 샤머니즘을 다 나쁘다고 하는 것 같고.

그래서 잘못된 것이지. 가령 오방색과 관련된 신을 믿고 살아온 사람들이 무슨 죄가 있니? 신은 아무런 죄가 없어. 신이 누군가에게 나쁜 짓을 하라고 시키지도 않거든. 절대 그러지 않아.

하지만 중간에서 중재자 역할을 하는 샤먼이 신의 뜻을 왜곡하여 나쁜 짓을 할 수는 있겠지. 그러니까 중재자인 샤먼이 잘못됐다고 할 수는 있겠지만, 샤머니즘이라고 하는 수많은 신까지 거론하면서 싸잡아 비판하는 것은 옳지 않아.

그럼 옛날부터 전해 오는 여러 신들에 대한 이야기를 시작해 볼까? 먼저 채영이랑 순관이가 잘 아는 것부터 알아볼게. 자, 이건 옛 그림책이란다. 신화에 대한 그림을 모아 놓은 거야. 이걸 보면서 이야기를 들으면 훨씬 도움이 될 거야.

—어, 이 그림은 단군 할아버지잖아요?

그래, 단군이야. 우리나라 사람 중에 단군을 모르는 사람은 없겠지. 하지만 단군이 어떤 사람인지에 대해서는 잘 몰라. 자, 들어 보렴.
아주 오랜 옛날에 하늘님 그러니까 옥황상제(玉皇上帝)라고 부르기도 하고, 천지왕이라고 부르기도 하는 그 위대한 신이 우리나라를 내려다보고는 말했지.
"음, 저기 사람이 살기 좋은 곳이 있구나. 환웅아, 네가 저곳에 내려가서 나라를 만들어 보아라. 지혜와 덕을 고루 갖춘 풍백과 우사 그리고 운사 대신을 데리고 가거라."

그렇게 3000명의 사람들과 함께 환웅이 땅으로 내려 왔다는 것은 너희도 알지?

—아, 예! 책에 그렇게 나오더라고요. 근데요, 애국가를 보면 "하느님이 보우 하사"라고 하잖아요? 그 하느님이랑 기독교에서 말하는 하나님 그리고 방금 말씀하신 하늘님이 다 다른 건가요?

글쎄다. 나는 모든 종교에서 말하는 하느님은 다 같은 뜻이라고 생각한다만, 기독교에서는 하나님이라는 말과 하늘님 혹은 하느님이라는 말을 구분해. 하느님이라는 말은 하늘님이라는 말에서 발음하기 쉽게 'ㄹ'이 빠지면서 생겨난 것이라고 볼 수 있어. 어쨌든 거의 모든 종교는 저 하늘에 계신 어떤 절대자께서 이 세상 모두를 다스린다고 생각한 거야. 그래서 하느님이니 하나님이니 하는 말이 생겨난 거란다.

우리나라 사람들은 아주 오랜 옛날부터 '하느님'이라는 말을 썼어. 또 지역에 따라서는 '하나님'이라고 부르기도 했지. 각자 발음하기 쉬운 쪽으로 부른 것이야. 요즘이야 기독교를 믿는 사람들만 하나님을 찾지만 우리 조상은 수천 년 전부터 그래 왔다는 뜻이야. 가령 어떤 사람이 아주 나쁜 짓을 하면 "하나님한테 천벌을 받을 거야!" 하고 말하했지.

천지왕 혹은 하늘님으로 불리는 옥황상제는 신 중에서 가장 높은 위치에 있으며 하늘
과 땅을 다스린다. 모든 신은 이 옥황상제의 뜻에 따라 움직인다. 옥황상제도.

─기독교가 우리나라에 전파되기 전부터 하나님이니, 하느님이
니 하는 말이 있었다는 뜻이네? 이건 몰랐어.

─채영아, 나도 몰랐어.

자, 그 하늘님의 아들인 환웅이 내려온 곳이 태백산 신단수 아래
였단다. 이 땅에서 최초로 인간 세상이 열리기 시작한 것이지. 환
웅이 하늘에서 땅으로 내려온 날이 바로 기원전 2457년 음력 10월
3일인데, 우리나라에서는 이날을 개천절이라 하여 국경일로 지정
했어. 개천(開天)이란 '하늘을 처음으로 열었다'는 뜻이야.

─이모, 그럼 그 전까지는 한반도에 사람이 살지 않았다는 뜻이야?

그렇지. 대신 수많은 동물이 살고 있었어. 근데 갑자기 하늘에서
수천 명의 사람이 내려오니 그곳에 살고 있던 동물들이 놀라는 건
당연하지 않겠니? 동물들은 갑자기 나타난 사람들을 적으로 생각
하고 싸우려 했겠지.

─이모님, 그건 제가 동물이라고 해도 그랬겠어요!

맞아, 갑자기 낯선 존재들이 쳐들어온 것이나 다름없잖아. 그러

니 동물들은 아주 예민해지면서 사람들을 공격했어. 동물에 비해 힘이 약한 사람들을 보며 환웅은 고민에 빠질 수밖에 없었지. 환웅은 신하들을 모아 놓고 거듭해서 회의를 했단다.

그래도 뾰족한 수가 없었는데, 어느 날 지혜로운 신하들이 뜻밖의 말을 하는 거야. 환웅이 정략적으로 동물들과 사돈 관계를 맺어야 한다고 말이지. 그 말을 자세히 들은 환웅은 "옳다!" 하고 무릎을 쳤고 즉시 자신의 아내를 공개 모집했어.

—어어, 그때는 인터넷도 텔레비전도 없었을 텐데……. 어떻게 공개 모집을 했어요?

그런 건 없었지만 대신 환웅은 신의 아들이기 때문에 모든 동물들과 말이 통했을 거야. 그래서 환웅이 숲속 동물들에게 직접 말을 했을 수도 있겠지. 이건 내 상상이다만, 숲속 높은 곳에 올라가서 소리친 게 아닐까? "이 땅에서 사는 동물이라면 누구든 상관없습니다. 후보자들은 빛이 들어오지 않는 동굴 속에 들어가서 100일간 마늘과 쑥만 먹으면서 여자 인간이 되게 해 달라고 기도하면, 하늘님이 그 뜻을 이루어 줄 것입니다. 그 사람을 제 아내로 맞이하겠습니다!" 이런 식으로 밤마다 소리친 것이지.

그 말을 듣고 호랑이나 곰처럼 힘이 센 동물은 물론이요, 여우나 늑대를 비롯하여 사슴, 쥐, 소, 뱀 등 온갖 동물들이 머리를 맞대고 회의를 했겠지. 환웅은 하늘님의 아들이기 때문에 그쪽 집안이랑 사돈을 맺으면 자손 대대로 살아가는 데 여러모로 편할 것이라고 생각했지 않을까? 그래서 수백 수천의 동물들이 모여든 거지.

그 동물들은 환웅이 마련한 동굴로 들어가서 마늘과 쑥만 먹으며 지내기 시작했어. 그러나 며칠 지나지 않아 대부분의 동물들이 포기하고 동굴을 나와 버렸어. 마늘과 쑥만 먹고는 도저히 버틸 수가 없었거든.

결국 호랑이와 곰이 남았는데 다른 동물들은 누가 끝까지 남을지 내기를 하기도 했어. 호랑이가 남을 것이라고 생각한 동물들이 대부분이었는데 뜻밖의 일이 벌어진 거야. 100일이 가까워질 무렵 호랑이가 굴에서 나와 버렸거든.

—저는 이 이야기를 100번도 넘게 들었는데요. 그때마다 불공평하다는 생각을 했어요. 호랑이는 육식을 하니 풀을 먹을 수가 없고, 곰은 잡식이니까 풀도 먹잖아요. 그래서 이 게임은 애초부터 호랑이한테 불리했던 게 아닐까, 하는 생각이 들었다는 뜻이죠.

—야, 순관아! 너랑 나랑 같은 생각이네!

글쎄다, 뭐 그렇게 생각할 수도 있겠네. 자, 어쨌든 곰이 혼자 남아

하늘의 신과 곰이 결혼하여 낳은 단군이 어떤 모습일지 정확하게 알 수는 없다. 흰옷을 입고 풀로 만든 신발과 허리띠를 두르고 있다. 단군도.

100일을 버티자 하늘님이 나타나서 신비로운 약을 주었지. 그 약을 먹자 곰이 아리따운 여자로 변한 거야. 인간이 된 것이지. 곰을 대표하는 그 여자와 환웅이 결혼해서 낳은 아들이 바로 단군이야.

　―근데 엄마가 곰이었고 아빠가 하늘님의 아들이면 그 아들인 단군은 어떤 모습이었을까요? 제 생각에는 지금 그림에 나오는 모습은 아니었을 것 같아요. 몸에 털이 많이 나 있을 수도 있고, 얼굴이 곰처럼 생겼을 수도 있잖아요.

네 말을 듣고 보니 그렇구나! 그림으로 전해지는 단군의 초상화는 모두 다 인자한 할아버지로 나오지. 어머니가 곰이었고, 아버지는 신의 아들인 것을 감안하면 너무 평범한 얼굴이라고 할 수 있어. 어깨와 허리에 두른 신비로운 나뭇잎이 조금 특이하긴 한데, 신의 손자이자 한 나라의 왕인 사람의 옷차림이라고 하기에는 너무 수수하지. 어쨌든 이 그림만 보고 단군의 모습을 상상할 수는 없어. 삼국시대에 신라의 솔거라는 사람이 단군의 초상화를 그렸다는 기록이 남아 있기는 한데…….

─이모, 만약 그게 남아 있다면 대박인데!
─솔거는 단군을 어떻게 그렸을까요? 솔거도 단군을 보지 못했잖아요.

이건 내 생각인데 지금과 크게 다르지는 않았을 거야. 솔거는 꿈에 나타난 단군의 모습을 1000여 장이나 그렸대.

─아, 꿈에 나타난 단군을 그린 거군요. 그럼 정확하다고 할 수는 없겠네요?

그렇지, 누구도 단군을 본 적은 없으니까. 아무튼 단군은 1500년

동안 나라를 다스렸어.

─1500년이라고요? 와, 말도 안 돼!

그렇단다. 하늘님의 피를 받았기 때문에 영원히 죽지 않는 신인 셈이지. 단군은 나이가 1908세가 되도록 나라를 다스린 다음 산에 들어가서 산신령이 되었어.

─단군이 산신령이 되었다고요? 그런 말은 처음 들어요.

나는 그렇게 믿고 싶어. 그림을 보면 어깨와 허리에 두른 신비로운 풀잎이 보이지? 그건 생명을 상징해. 영원히 죽지 않으면서 새로운 생명을 탄생시키고 보살펴 주는 산신령이 그렇게 해서 나타난 거야.

─이모, 내가 본 산신도에는 죄다 산신령이 호랑이를 데리고 다니는 것으로 나와. 근데 단군이 산신령이 되었다면 곰을 데리고 다녀야 하지 않을까? 자기 엄마랑 같은 종족이니까. 그게 더 편하지 않을까?

하하하, 물론 채영이 너처럼 생각할 수도 있지만 다르게 생각할 수도 있지 않을까? 어쩌면 호랑이들은 환웅의 아내가 되지 못해서 크게 반발했을지도 몰라. 그래서 단군은 산신령이 된 다음에는 호랑이들을 잘 달래서 데리고 다녔을지도 모르잖아? 그래야만 호랑이들이 반발하지 않을 테니까. 뭐 이건 그냥 웃자고 한 이야기지만.

─아, 그렇게 생각할 수도 있겠네.
─하하하! 그러네요, 이모님.

옛날이야기에 많이 나오는 산신령

—이모님, 단군이 산신령이 되었다니, 처음 듣는 신기한 이야기네요. 채영아, 넌 어때? 그 전에 들어 봤어?

—아, 나도 처음 들어. 단군이 그렇게 오랫동안 나라를 다스렸는지도 몰랐어. 우리나라 대통령은 5년에 한 번 바뀌고, 미국은 4년씩 두 번 할 수 있잖아. 그것도 길게 느껴지는데 1000년이 넘도록 다스렸다니, 아무리 신의 자손이라고 해도 너무 심한 거 아냐?

—나라를 잘 다스렸겠지. 그래서 별 문제가 되지 않았을 거야.

허허허, 그건 나도 잘 모르겠어. 아무튼 단군이 산신령이 되었다는 것도 하나의 이야기로 전해지고 있을 뿐이니까. 각자 알아서 판단하길 바란다.

산신령은 땅을 다스리는 신으로 천지왕 다음으로 막강한 힘이 있다. 단군이 산신령이 되었다는 말도 있지만, 대부분은 호랑이가 산신령이라고 믿었고 그림으로 표현할 때는 인격을 부여해 주로 할아버지의 모습으로 그렸다. 진관사 산신.

하늘님의 피를 물려받은 단군은 1000년이 넘도록 나라를 다스린 후, 말년이 되자 무슨 일을 할까 고민하다가 "이 세상에서 살아가는 깃들을 보호하는 일을 헤야겠그니!" 히고 숲으로 들이갔이. 그건 인간 세상을 다스리는 것보다 훨씬 더 중요한 일이었어. 왕은 인간만 다스리지만 산신령은 인간 외에 살아 있는 모든 것을 다스려야 하거든. 더구나 인간의 힘이 빠르게 커졌기 때문에 이를 적절히 통제하지 않으면 큰 불행이 올 거라는 사실을 알고 있었어. 사람이 동물을 마구 잡거나 함부로 숲을 파괴하면 안 되잖아?

─이모님, 그런 이유로 단군이 산으로 들어가서 산신령이 되었다면 진짜 대단한 분이네요!

단군은 하늘님의 손자이니까 마음만 먹으면 신이 될 수 있었어. 그 뜻을 알고 하늘님이 산신령이라는 자리를 주었을지도 모르지. 산신령은 땅에 있는 그 어떤 신보다도 강력한 힘을 가지고 있단다. 사람들도 이를 알기 때문에 숲에 들어가면 겸손해졌지. 숲에서 동물을 잡고 싶으면 반드시 산신령께 제사를 지냈단다.

"비나이다, 산신령님. 우리 막내가 몸이 허약한데 오소리를 잡아먹이면 건강해진다고 하니 허락해 주십시오."

그렇게 해서 오소리를 잡으면 동서남북으로 큰절을 하면서 감사의 인사를 올렸단다. 내가 어렸을 때만 해도 그랬어. 겨울에 덫에 걸린 산토끼를 보고는 산신령이 잡아서 준 것이라고 믿고 동서남북으로 큰절을 올렸어. 그때는 그런 풍경을 흔히 볼 수 있었어.

─덫을 놓아서 잡은 것인데도 산신령께 큰절을 올렸다는 것이 조금 이해가 되지 않아요. 그건 사람이 노력해서 잡은 거잖아요.

물론 그렇게 생각할 수도 있지만 만약 산신령이 마음만 먹는다면 아무리 덫을 많이 놓아도 토끼를 잡을 수가 없지 않겠니? 산신령이 덫을 다 망가트릴 수도 있고, 토끼들에게 신통력을 주어서 덫을 피해 다니도록 할 수도 있잖아. 그래서 토끼가 덫에 걸렸다는 것은 산신령이 도와줬다는 뜻으로 믿었어. 결국 산신령이 도와주지 않으면 절대 토끼를 잡을 수 없다고 생각한 거야.

─근데 산신령이 왜 토끼를 잡게 해 주나요? 오히려 못 잡게 해야 하지 않아요? 그게 산신령의 역할이 아닐까 싶어서요.

당연히 함부로 잡을 수는 없지. 하지만 토끼는 더 큰 동물의 먹이가 되기도 하잖아? 또 토끼는 수많은 풀과 나무를 갉아먹고 살지. 그게 먹이사슬이고. 그런 먹이사슬을 부정하면 아무도 살 수 없어.

과거에는 마을마다 허름한 집에 초가로 된 산신각이 흔했다. 이제는 거의 다 사라지고 절에 가야만 볼 수 있다. 대관령 성황사 및 산신각.

그래서 산신령은 꼭 필요한 사람이 동물을 잡을 경우에는 허락을 해 준다는 뜻이야.

더구나 토끼는 번식력이 강한 동물이라서 개체수를 조절해 주지 않으면 너무 많아져서 문제가 되거든. 요즘 우리나라에 멧돼지가 너무 많아져서 농부들이 농사를 짓기 힘들 정도인데, 이는 멧돼지를 잡아먹는 동물이 없기 때문이야.

산신령은 산과 들에 사는 모든 생명체를 돌보는 신이야. 호랑이가 부족하면 새끼를 많이 낳게 하고, 반대로 호랑이가 너무 많으면 사냥꾼을 불러다가 잡아가게 했지. 그렇게 개체수를 조절한 거야. 그러니까 아무리 활을 잘 쏘는 사냥꾼이라고 해도 산신령이 도와주지 않으면 토끼 한 마리도 잡을 수가 없었어. 그러니 옛날 사람들은 산에 가서 함부로 동물을 잡거나 나무를 베지 않았지.

─이모, 산에 들어가서 만약 함부로 동물을 잡으면 어떻게 돼?

그런 일은 상상도 할 수 없었단다. 전문적으로 동물을 잡아서 살아가는 사냥꾼들도 정기적으로 산신령께 제사를 지냈고, 너무 어린 동물은 사냥하지 않았어. 특히 새끼가 딸린 동물은 절대 잡지 않았어. 당연히 한곳에서 너무 많은 동물을 잡지도 않았지.

만약 누군가 그런 질서를 무너뜨리면 반드시 산신령한테 벌을 받았어. 사냥을 하다가 큰 사고를 당하기도 하고, 그 집안에 아주 불행한 일이 생기기도 했지.

사람들이 산신령을 두려워한 가장 큰 이유는 생명을 관장하는 신이기 때문이란다. 만약 어떤 사람이 산에 들어가서 마구 나무를 베어 내고 숲에 사는 동물을 다 죽여 버렸다고 하자. 그러면 산신령은 하늘님에게 직접 고하여 그 사람을 벌하게 되는데, 그 집안의 후손을 끊어 버리는 거야. 자손이 생기지 않으면 집안이 망하게 되잖아? 그래서 사람들이 산신령을 두려워했던 거야.

─아기를 잉태하게 해 주는 것은 삼신할미 아닌가요? 전 그렇게 알고 있어요.

새로운 생명을 점지해 주는 일은 삼신할미와 산신령이 같이 했단다. 그래서 우리 조상들은 아기를 낳지 못하면 집 근처에다 산신각을 지어 놓고 산신령께 아기를 점지해 달라고 빌었던 거야. 지금도 이렇게 산신각을 지어 놓고 비는 사람들이 있단다. 불과 30~40년 전만 해도 시골 마을에 가면 산신각을 흔하게 볼 수 있었어.

─이모, 그럼 산신령이 동물뿐만 아니라 사람의 생명까지도 점지해 주는 일을 했다는 뜻이네?

흔히들 아기를 점지해 주는 일은 삼신할미만 한다고 알고 있는데 실은 그렇지 않아. 산신령도 그런 일을 했거든. 그래서 고전소설을 보면 산신령한테 아기를 점지해 달라고 비는 대목이 나오지.

장원 부부는 슬하에 자식이 없었다. 그래서 새벽마다 산속 높은 바위에 올라 산신령에게 간절히 기도했다.
"바라옵건대 저희에게 자식 하나만 점지해 주십시오."
그러던 어느 날이었다. 장원이 새벽기도에 열중하다가 깜빡 잠이 들었는데, 수염이 허연 산신령이 커다란 지팡이를 짚고 장원 앞에 나타났다.

산신령은 원래 산왕이라고 부르는 호랑이를 일컬었다. 시대가 흐르고 인간의 힘이 강해지자 산
신령이 인격화되어 할아버지의 모습으로 나타나는데 가끔은 여자 산신도 나타났다. 여자 산신
은 삼신할미와 비슷한 역할을 하며 지금도 이를 믿는 지역이 있다. 무신도 여서낭.

고전소설 「금방울전」에 나오는 대목이야. 이걸 보면 산신령이 어떤 역할을 했는지 알 수 있어. 삼신할미는 주로 사람이 새로운 생명을 잉태할 때만 관여하지만 산신령은 사람을 포함해서 모든 생명체의 잉태에 관여했지.

— 와아, 그렇군요. 이거 점점 재밌어지네요. 꼭 옛이야기 듣는 것 같아요.

그래, 그렇게 편하게 들으면 돼. 궁금한 게 있으면 꼭 물어보고 말이야. 지금 내가 말한 삼신할미나 산신령도 하늘님이 땅으로 내려보낸 신이야. 우리 조상들이 산신령을 더 각별하게 모신 이유는 하늘님의 손자인 단군이 산신령이 되었다고 생각하기 때문이기도 하지.

자, 이렇게 산신령은 삼신할미와 더불어서 우리 조상들이 늘 가까이 모시던 신이었어. 때로는 산신령과 삼신할미를 똑같은 신으로 모시기도 했지. 두 신은 생명을 보살피는 일을 하기 때문에 거의 같은 신이라고 생각한 거야.

산신령은 하얀 수염을 날리는 할아버지란다. 자세히 보면 부리부리한 눈이 무섭게 느껴질 수도 있어. 그렇지? 이게 다 이유가 있는 거야.

―이모, 나도 그게 궁금해. 인자한 모습으로 그리면 더 좋지 않아?

그야 당연하지. 하지만 산신령은 온갖 나쁜 귀신하고도 싸워야 해. 숲에는 우리가 상상도 할 수 없는 온갖 악귀가 있거든. 그래서 나쁜 귀신들이 무서워하도록 일부러 산신령의 눈을 부리부리하게 그린 거란다. 저 하얀 수염은 오래 산다는 뜻이야. 옛날 할아버지들 이 하얀 수염을 길게 기른 건 나쁜 병이나 귀신들이 오지 못하도록 막고 오래오래 살고 싶다는 열망이 깃들어 있는 거란다.

―아하, 수염에 그런 뜻이 있다니 놀랍네. 근데 산신령이 호랑이로 변신하기도 해?

당연하지. 산신령은 다양한 변신술이 가능해. 때론 호랑이로, 때론 토끼처럼 작은 동물로 변신하기도 해. 그래서 우리 조상은 아주 커다란 호랑이를 보면 "저기 산군님이 계신다! 절대 활을 겨누지 마라!" 하고 말했어. 하얀 호랑이도 산군이라고 해서 잡지 않았지. 산군이란 산의 왕이라는 뜻이야. 호랑이는 인간과 오랜 세월 라이벌 관계였지만, 인간은 호랑이를 신으로 깍듯이 모셨어.

너희가 들으면 황당하다며 웃을지도 모르겠다만 난 말이야, 옛날처럼 다시 산신령이 나타나기를 바라고 있단다. 왜냐하면 이제 사람들은 더 이상 산신령을 믿지 않게 되었고, 언제든지 마음만 먹으면 산 하나쯤은 쉽게 밀어 버릴 수 있잖아. 숲이 사라진다는 소식을 들을 때마다 얼마나 속상한지 몰라.

사람들은 더 이상 신을 두려워하지 않게 되었지. "내 돈으로 산 산을 마음대로 밀어내든지 말든지 무슨 상관이야" 뭐 그런 식인 거지. 근데 산신령이 호랑이를 타고 다니던 시절에는 그렇지 않았어. 모든 땅은 신이 관할하기 때문에 비록 자신이 구입한 땅이라고 해도 그곳에 사는 나무를 베어 내는 것조차 신의 허락을 맡아야 했던 거야.

―이모님 말씀을 듣고 보니 저도 산신령이 다시 나타났으면 좋겠어요. 저희 집 뒤에 있는 산도 개발 때문에 막 사람들이 시위하고 야단이거든요. 근데 개발을 막을 수 없대요. 머지않아 커다란 산이 없어지게 됐어요.

―이모, 궁금한 게 있어. 절에 가면 산신령을 모신 산신각이 있잖아. 산신령은 보살도 아닌데 왜 절에서 모시는 거야?

맞아, 산신령은 불교에서 믿는 신이 아니야. 그런데도 산신령을 절에다 모신 것은 대단한 일이야. 이것에 대해서는 여러 가지 설이 있지만 나는 이렇게 생각한단다. 불교가 우리나라에 들어왔을 때는 산신령을 믿는 사람들이 엄청 많았어. 당시 스님들은 산신령을 사이비 신으로 몰아서 없애 버릴 수도 있었지. 근데 워낙 많은 사람들이 믿기 때문에 그렇게 하지 않았고, 대신 불교 안으로 산신령을 받아들인 거야. "자, 우리가 산신령을 인정해 줄 테니 이를 믿는 사람은 절에 와서 기도해라" 하고 인정해 준 것이지. 그래서 불교는 우리나라에 들어와서도 다른 종교와 크게 대립하지 않았어. 다른 신들을 인정해 주었기 때문이야.

— 그렇게만 된다면 종교 간에 갈등이 없겠네!

옛 어머니들이 가장 많이 믿었던
삼신할미

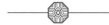

순관아, 채영아! 하나의 생명이 탄생하는 것은 정말 정말 어려운 일이야. 그리고 기적 같은 일이지. 너희는 아직 어려서 잘 모르겠지만 나중에 결혼해서 아기를 낳아 보면 알게 될 거야. 아기를 낳는 것은 결코 쉬운 일이 아니란다. 만약 결혼을 했는데도 아기를 낳지 못하면 신부는 날마다 집안에 정화수(井華水)를 떠다 놓고는 "제발 아들 하나만 점지해 주십시오!" 하고 기도하면서 빌었어.

옛날에 어머니들은 새벽에 일어나면 가장 먼저 하는 일이 정화수를 떠 오는 것이었지. 정화수는 '정안수'라고도 하는데, 아무도 떠 가지 않은 신선한 우물을 그렇게 부른단다. 우리 조상들은 물이야말로 생명의 근원이며 자신의 마음을 비추는 거울이라고 생각했지. 그래서 새벽에 맑은 물을 떠 놓고 생명의 신에게 소원을 빌었던 거야.

새벽에 처음 뜬 샘물을 모든 생명의 기원이자 신이 주는 물이라고 생각해서 적당한 그릇에 담아 놓고 가족의 안녕을 빌었다. 새 생명이 태어날 때마다 가장 먼저 올리는 것도 정화수였다. 정안수.

심청은 그날부터 말끔하게 청소하고 몸을 씻은 뒤 밤이 깊어 사방이 고요해지면 뒤뜰에 불을 밝히고 정화수를 떠 놓고 빌었다.

"비나이다, 비나이다, 천지신명께 비나이다. 옥황상제께 비나이다. 하느님이 만드신 해와 달은 사람에게는 눈과 같사옵니다. 해와 달이 없으면 무슨 수로 사물의 크고 작고, 검고 희고, 길고 짧은 것을 구별하겠나이까? 제 아버지 나이 스물에 눈 어두워 사물을 보지 못하오니, 아버지의 허물을 제 몸으로 대신하시고 아버지의 눈을 밝혀 주소서!"

이게 무슨 이야기인지 잘 알지? 그래 「심청전」이야. 거기에 보면 심청이가 정화수를 떠 놓고 날마다 아버지가 눈을 뜨게 해 달라고 신들에게 빌지. 삼신할미한테 기도할 때도 그렇게 정화수를 떠 놓고 하는 경우가 많았어. 삼신할미는 생명을 관장하는 대표적인 신이라고 할 수 있지.

—아까는 산신령이 생명을 관장하는 대표적인 신이라고 하셨잖아요?

아, 그랬나? 그래, 산신령과 삼신할미는 비슷한 역할을 하는 신이었고, 우리 조상들이 가장 많이 모신 신이었으니까, 누가 더 대표적인 신이라고 말할 수는 없을 것 같구나! 하지만 요즘 산신령을 믿는 사람은 드물지만 삼신할미를 믿는 사람은 아직도 많다는 사실! 그래서 어린아이들이 높은 곳에서 떨어졌는 데도 무사하다면 "아기는 삼신할미가 받아 준다니까! 그래서 안 다치는 거야!" 하고 말하지.

삼신할미는 어린 생명이나 새로 태어난 생명체를 다스린다. 인간뿐만 아니라 소나 돼지 같은 동물의 새끼도 태어나게 해 준다고 믿었다. 삼신할머니도.

—저도 어릴 때 그런 말을 들었어요. 세 살 때 계단을 내려가다가 거꾸로 떨어졌대요. 그런데 머리가

계단 모서리를 비켜 가서 하나도 안 다쳤대요. 엄마 아빠가 그러는데 모서리에 부딪혔으면 아마 크게 다쳤을 거래요. 그래서 친척들은 지금도 저만 보면 넌 삼신할미가 보살펴 주셔서 살았다고 하세요.

　―헉, 너 진짜 그런 일이 있었어?

　그래, 그건 삼신할미가 받아 준 거야. 그러니 순관이는 열심히 그리고 착하게 살아야 해.

　―예, 알겠습니다. 근데요, 삼신할미는 어디에서 왔나요?

　당연히 하늘님이 땅으로 보낸 신이란다. 동해 용왕의 딸이 하늘나라에서 죽은 아기를 돌보는 일을 하다가 이승으로 내려왔다는 이야기도 있어. 옛날에는 거의 모든 집에서 삼신을 모셨지.

　―삼신할미가 아니라 삼신을 모셨다고요? 그게 같은 말인가요?

　다른 말이지만 같은 뜻으로 쓰이기도 하지. 삼신이란 별거 아니야. 쌀이 든 작은 독이나 바가지 같은 그릇을 삼신이라고 하여 집안에다 두고 소원을 빌었어. 그 안에는 주로 쌀이 들어 있어. 쌀이 없으면 보리, 밀, 옥수수, 콩을 넣어 두고 그것도 없으면 한지나 실 같은 것을 넣기도 했어. 지푸라기로 만든 씨오쟁이를 삼신이라고 생각하고 걸어 두기도 했지. 그래서 삼신은 모시는 사람에 따라서 다 다를 수밖에 없었어.

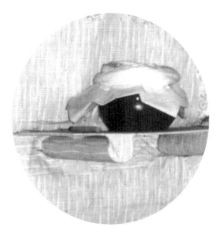

삼신은 지역에 따라, 개인에 따라 다르게 모셨다. 단지 안에 곡식이나 정화수를 담아 아기들이 건강하기를, 집안에 새로운 생명이 태어나기를 빌었다. 삼신. ©국립민속박물관

—이모, 근데 살짝 헷갈리네. 삼신이라는 것은 쌀이나 실 같은 것을 넣어 둔 그릇을 말하는 것 같은데, 역할을 보면 결국 삼신할미와 같은 존재 아니야?

그렇지. 삼신할미는 삼신을 인격화해서 표현한 것이라고 할 수 있어. 아기를 갖게 해 주고 아기가 잘 성장하도록 돕는 신이기 때문에 자상한 할머니처럼 생각한 것이야. 그러니까 사람들은 삼신 앞에서 기도를 하면서도 머릿속으로는 자상한 할머니 얼굴을 떠올린 것이지. 갓 태어난 아기 엉덩이에는 얼룩점이 있어. 아기가 엄마 배 속에 있을 때 삼신할미가 세상에 빨리 나가라고 엉덩이를 손바닥으로 때려서 생긴 것이라는 말이 있지.

― 학교에서는 그걸 몽고점이라고 배우는데 그게 삼신할미하고 관련이 있다니 재미있네요.

어쨌든 요즘은 아기들이 산부인과에서 태어나기 때문에 삼신할미가 아니라 의사 선생님에게 고맙다고 하지만, 내가 어렸을 때만 해도 아기를 낳게 되면 정화수와 미역국을 떠다가 삼신 앞에다 놓고 "아기를 무사히 낳게 해 주어서 고맙습니다" 하고 절을 했단다. 누구나 그렇게 했어.

귀덕이네가 얼른 첫국밥을 지어 먼저 삼신상에 올려놓고 심봉사를 불렀다. 심봉사는 의관을 챙겨 입고 두 손을 가지런히 모아 합장한 다음, 뒤늦게 얻은 무남독녀 외딸이 부디 무병장수하며 귀하게 살게 해 달라고 간절히 빌고 또 빌었다.

이것도 「심청전」의 한 대목인데 귀한 딸을 점지해 주어서 고맙다고 삼신에게 비는 장면이야. 우리 조상들은 아기를 낳을 때마다 그렇게 했어. 아마 삼신에게 빌지 않은 사람은 없었을 거야. 그만큼 우리 조상들이 삼신을 믿었다는 뜻이지.

삼신이란 '탯줄'의 '태'를 의미하기도 한단다. 탯줄을 꼬아 생명을 만들어 내는 신이라는 뜻이지. 시대와 지역에 따라서 삼승할망, 삼신할매, 제왕할매, 제왕님네, 지양할미라고도 불렀어. 당연히 삼신의 모습도 각각 다를 수밖에 없었지.

모든 생명의 근원인 물을
지켜 주는 용왕

아주 먼 옛날, 땅 위에는 산신령들이 사는 높은 산들이 있었고, 바닷속에는 동서남북에 하나씩 용왕들이 다스리는 물속 나라가 있었어. 용왕들은 물속 나라의 왕이면서 때로는 땅 위 세상에 비를 내려 주는 하늘님의 심부름꾼 노릇도 하였지.

이번에는 「토끼전」 한 대목을 들려주면서 이야기를 시작할게. 앞의 내용을 보면 인간 세상에 있는 산이란 산은 산신령이 다스렸고, 역시 인간 세상에 있는 물이란 물은 용왕이 다스렸음을 알 수 있는데, 그 두 신은 모두 하늘님이 파견한 거야. 그래서 내가 어렸을 때는 아이들 사이에서 "산신령이 더 강할까? 용왕이 더 강할까?" 하고 논쟁이 벌어지기도 했지. 산신령을 좋아하는 아이들은 산신령이 더 힘이 세다면서 이렇게 말했지.

"산신령은 온갖 둔갑술을 부리고, 눈 깜작할 새에 하늘나라로 이동할 수 있는 백호를 타고 다녀. 게다가 산신령이 부채질을 하면 바위는 물론이요, 나무도 뿌리째 뽑혀서 날아갈 정도로 강력한 태풍이 일어난다고. 산신령이 들고 다니는 지팡이는 천둥 번개를 일으킬 수도 있어. 그러니 누구도 산신령을 당해 낼 수 없어."

─와아, 이거 게임 캐릭터로 개발해도 재밌겠어요. 산신령 대 용왕의 결투!

─이모, 나도 산신령이 더 강할 것 같아!

─채영아, 난 용왕! 용왕에 대해서 잘 모르지만 바다에 사니까 힘이 엄청날 것 같아.

사실 그 두 신이 싸워서 누가 이길지 아무도 모르지. 산신령 편을 드는 아이가 있는가 하면, 용왕을 좋아하는 아이도 가만히 있지 않았어.

"야, 용왕을 화나게 하면 비 한 방울 안 내리는 거 알아? 그럼 사람들이고 동물들이고 다 죽는다고! 용왕은 엄청난 비바람을 일으킬 수 있고, 무엇보다도 여의주를 물고 있는 용을 데리고 다니잖아. 이 세상에 용보다 더 힘센 동물이 어디 있어? 그깟 백호는 용이 불을 뽑기만 하면 달아나 버릴 거야!"

뭐 이런 식으로 끝없는 논쟁을 벌이기도 했어. 그만큼 옛날 아이들에게는 산신령과 용왕이 절대적인 신으로 자리 잡고 있었다는 의미야. 물론 어른들도 마찬가지였어. 어른들은 산에 가서 무서운 호랑이를 만나면 "아이고 산신령님 도와주십시오!" 하고 말했고, 바다를 건너가는 배를 타면 "용왕님, 무사히 건너게 해 주십시오!" 하고 빌었어. 산신령과 용왕은 그렇게 땅과 물을 대표하는 신이었지. 산신령만큼이나 용왕도 우리 조상들이 많이 믿는 신이었어.

내가 어렸을 때까지만 해도, 지금으로부터 40년 혹은 50년 전까지만 해도 사람들은 용왕을 믿었어. 나는 강변 마을에서 태어나 자랐는데 한번은 이런 일이 있었지. 누군가 잉어를 잡았는데 그게 상상도 할 수 없을 만큼 컸단다. 마을 어른들은 그 잉어를 보더니 "저건 보통 잉어가 아니야. 틀림없이 용왕님 아들일 거야" 하고 풀어 주라고 권했고, 잉어를 잡은 사람도 그 말을 기다렸다는 듯이 강에다 풀어 주었어.

─헐! 진짜 그런 일이 있었어요?
─이모, 요즘이라면 말도 안 되는 소린데! 아주 오래된 이야기 같아.

한가운데 용왕을 중심으로 모여 있는 여러 신들. 불교 탱화에서 묘사되는 용왕은 얼굴 전체가 하얀 수염으로 뒤덮여 있다. 운흥사 천룡탱화.

1970년대에는 흔히 있었던 일이란다. 호랑이가 담배 피우던 시절도 아니잖아? 그때는 그런 걸 당연하게 생각했어. 어린 나도 그렇게 생각했거든. 그 장면을 지켜봤는데 이상하게도 그 잉어는 물속에 들어가서도 얼른 달아나지 않더구나.

하긴 내가 이렇게 이야기를 하면서도 진짜 그런 일이 있었나, 하는 생각이 들기도 하니까. 분명한 것은 실제로 있었던 일이라는 거지. 그 물고기는 마치 사람들에게 고맙다고 인사를 하듯이 자꾸만 뒤돌아보면서 물가를 오락가락하더니 천천히 사라졌단다. 신기하게도 그해에는 홍수도 가뭄도 들지 않았어. 물에 빠져 죽은 사람도 없었지. 그러니 용왕을 믿지 않을 수가 있겠니?

예로부터 물가에 사는 어부들이 잉어로 변신한 용왕의 아들을 그물에서 풀어 주고, 용궁에 초대받아 갔다가 보물을 얻었다는 이야기가 많다. 심지어 용왕의 딸이 물 밖에 나와서 어부의 아내가 되었다는 이야기도 있노라.

「토끼전」에 나오는 이야기인데, 내가 어렸을 때는 밤마다 어른들이 이런 이야기를 들려줬어. 어른들은 강이나 바다뿐만 아니라 저수지와 작은 연못 그리고 우물에도 용왕이 계신다고 했단다. 그런 말을 들을 때마다 나는 고개를 갸웃했지. 강이나 바다처럼 깊은 곳이라면 믿을 수 있었지만 좁고 얕아서 바닥이 다 보이는 작은 우물 속에도 용왕이 산다고 하니까 이해가 안 되는 거야. 그러면 어른들은 "모든 물은 용왕님이 물길을 만들어서 흐르게 하는 것이기 때문에 우물 속에도 용왕님이 계신단다. 용왕님이 노해서 물길을 끊어 버리면 우물에 물이 나오지 않거든" 하고 친절하게 설명해 주었어. 그 말을 듣고서야 조금 이해할 수 있었지. 그러면서 물이 얼마나 소중한 것인지 막연하게나마 알게 됐어. 옛날 사람들은 물은 용왕이 보내 주는 것이기에 항상 고마워하며 아껴 쓰고, 함부로 낭비해서는 안 된다고 생각했거든. 일부러 환경 교육을 하지 않아도 그렇게 생각했단다.

　─지금보다 용왕을 믿던 시절이 더 나았을 수도 있네요.

　물론 그것만 두고 그 시절이 더 났다, 어떻다 하고 말할 수는 없겠지만 물 하나만 놓고 보면 그렇게 생각할 수도 있지 않을까? 자, 여기 있는 그림을 보렴.

　─용왕은 이렇게 꼭 용을 데리고 다녔어요? 마치 산신령이 호랑이를 데리고 다니듯이요. 근데 얼굴은 산신령과는 달리 무섭게 생기지 않았어요. 수염이 하얀 것만 빼고는 약간 귀엽게 생겼는데요.
　─순관아, 넌 저 그림을 보고 어떻게 귀엽다고 할 수 있니? 난 무섭게만 보이는데. 이모, 그런데 용왕과 산신령을 굳이 비교하자면 용왕은 왕 같고 산신령은 그냥 평범한 할아버지 같아.

용을 부릴 수 있는 여의주를 한 손에 들고 용에 올라탄 용왕으로 일반적인 모습이다.
불교에서 전해지는 용왕은 하얀 수염으로 얼굴이 거의 덮여 있다. 용왕도.

맞아. 용왕은 물속 나라 왕이야. 그래서 입고 있는 옷이나 쓰고 있는 모자 등 왕의 복장을 하고 있지. 반면 산신령은 혼자 살아가는 분이야. 왕처럼 따로 하인을 거느리고 사는 게 아니지.

―이모, 그건 너무 불공평한 것 같아. 사실 산도 바다만큼 넓고 깊잖아. 그런 산을 다스리는 산신령도 산속의 왕이라고 할 수 있잖아. 근데 옷차림도 허름하고 하인 하나 없이 살게 하다니. 용왕만 왕처럼 대우받는다는 건 불공평해. 순관아, 안 그래?
―어, 채영이 말이 맞는 것 같아요. 왜 산의 왕과 물의 왕을 차별 대우했을까? 산신령 옷을 봐. 허름하지? 근데 용왕 옷을 봐. 왕이 입는 옷이야.

나도 그런 생각은 하지 못했는데 너희 말을 듣고 보니 일리가 있네. 내가 생각하기에는 산신령이 그걸 원치 않아서 그러지 않았을까? 만약 산신령이 용왕처럼 살려고 마음만 먹었다면 얼마든지 가능했겠지.
아무튼 그림을 보면 용왕은 왕이 입는 용포를 입고 머리에는 용의 뿔로 만든 모자를 쓰고 있어. 물속을 다스리는 최고의 신이라는 뜻이지. 감히 누가 용의 뿔로 만든 모자를 쓸 수 있겠니? 산신령과 마찬가지로 용왕의 하얀 수염은 영원히 죽지 않는 생명임을 암시

한단다. 그러니 용왕께 빌면 새로운 생명을 잉태할 수도 있고, 살아 있는 생명이 아프지 않고 오래오래 살 수 있다고 알려져 있어.

당연히 용왕을 노하게 해서는 절대 안 되지. 누군가 함부로 우물에 오물을 버린다거나 몰래 강에 쓰레기를 버린다거나 하면 용왕이 큰 벌을 내렸어. 용왕이 내리는 벌이란 많은 비를 내리게 하거나 반대로 몇 년 동안 비 한 방울 내리지 않게 하여 사람들에게 큰 고통을 주는 거야. 그러니 용왕의 뜻을 거역하고는 살아갈 수가 없는 거야. 용왕이 관리하는 물은 생명을 의미해. 「토끼전」의 또 다른 대목을 보면 우리 조상들이 용왕을 어떻게 생각했는지 잘 드러나 있어.

용왕이 옥황상제의 명을 받아 메마른 땅에다 비를 내리게 했어. 그러자 목이 말라 죽어 가던 사람들과 짐승들, 산천초목들이 그것을 받아 먹고 모두 살았다고 기쁨에 겨워 춤을 추었단다.

실제로 물이 없으면 사람을 비롯하여 나무와 풀도 살 수 없잖아? 이 세상 모든 생명은 물로 되어 있으니까. 그래서 우리 조상들은 음력 정월 보름에 '용알뜨기'라는 것을 했어. 용알뜨기란 새벽에 남보다 먼저 맑은 우물의 물을 떠다 먹는 것인데, 그렇게 하면 용왕이 생명을 잉태하도록 해 준다고 생각했던 거야.

─이모님, 그럼 아기를 낳고 싶어 하는 사람들이 용왕한테도 기도를 했다는 뜻인가요? 산신령이나 삼신할미한테 하듯이 그렇게요?

그렇지. 사람에 따라서 산신령이나 삼신할미를 더 믿는 사람들이 있었고, 용왕을 더 믿는 사람들이 있었을 거야. 아무튼 용왕도 산신령이나 삼신할미와 똑같이 하늘의 명을 받아서 아기를 점지해 준다고 생각했단다.

"과연 하늘이 내린 효녀로다. 네 효성스런 마음과 같이 용모 또한 수려하구나. 옥황상제께서 너를 극진히 돌보다 인간 세상으로 돌려보내라 하시니, 내 그 뜻을 받들 것이니라. 염려 말고 편히 지내거라."
이렇게 하여 심청은 용궁에 머물게 되었어.

이것은 「심청전」의 한 대목인데 용왕이 옥황상제의 명을 받아 심청을 다시 살려 내서 인간 세상으로 내보낸다는 말이야. 이렇게 용왕은 생명을 점지해 주는 일을 했던 거야. 특히 강변이나 바닷가에 사는 사람들이 용왕을 믿었지.
어부들을 비롯하여 농부들도 해마다 용왕께 고사를 지냈어. 물고기를 많이 잡게 해 주시고, 농사도 풍년이 들게 해 주시고, 자식들이 많이 태어나게 해 달라고. 보통 마을 단위로 해마다 용왕께 고사

새해가 되면 주로 강이나 바닷가에서 간단하게 음식을 차려 놓고 용왕께 제사를 지낸다. 그런 다음 함지박에 약간의 돈과 음식을 담아 물에 띄운다. 용신제.

를 지냈는데, 각 개인들이 따로 지내기도 했지.

내 고향에서는 아기가 태어나면 먼저 삼신할미한테 고맙다고 음식을 차려 놓고 절을 했고, 강가로 가서 용왕께도 똑같은 방식으로 고맙다고 절을 했어. 그리고 해마다 새해가 되면 아이들을 데리고 강가로 가서 바가지 같은 데 약간의 음식을 담아 용왕께 드리는 의식을 치렀지. 그 바가지는 강에다 띄웠는데, 무사히 잘 떠내려가야만 용왕한테 복을 받는다고 생각했어. 바가지를 떠나보내면서 아이들은 마음속으로 기도를 했어.

"용왕님, 올해는 친구 갑용이를 괴롭히지 않을 것이며, 우리 집 강아지 쫑도 발로 차지 않을 것이며, 우리 집 암소 누렁이한테도 풀을 많이 베어다 줄 것이며, 감나무에다 집을 지은 까치를 괴롭히지 않을 것입니다. 그러니 건강하게 해 주십시오."

뭐 그런 식으로 자기만의 고해성사를 하면서 중얼중얼했지. 나는 그런 시간이 참으로 의미 있고 소중했다고 생각해. 사실 그래서 친구하고도 더 잘 지내려고 했고, 이유 없이 개구리나 물고기를 잡으려고 하지도 않았거든. 용왕이 있다고 믿었기 때문이야.

─진짜 그렇게 하셨어요?

내가 왜 너희한테 거짓말을 하겠니? 옛날 사람들은 다 그렇게 살아온 거야. 결국 용왕을 믿는 사람들이 더 성실하고 열심히 살아갈 수밖에 없었어. 작은 생명체라고 해도 함부로 죽이지 않았고. 그때는 환경운동이니 생태계 파괴니 하는 말도 없던 시절이야. 아니, 그런 말 자체가 필요 없었어. 대부분 사람들이 산신령이나 삼신할미 그리고 용왕을 믿었고, 그 뜻에 따라 생명을 소중하게 생각하면서 살았으니까.

2장

오래오래
살게 해 주는 신

언제나 제자리를 지키고 있으니
북두칠성을 수명을 관리하는 신이라고
믿었던 거야.

수명을 관리하는 일곱 개의 별
칠성신

———◈———

요즘은 어린아이들도 해와 달에 아무도 살지 않는다는 것을 알고 있지. 사람이 만든 우주선이 달에 착륙한 지는 오래 전 일이고, 뜨거운 태양에는 무엇도 살 수 없다는 것이 과학적으로 밝혀졌잖아. 그래서 해와 달을 신비롭게 생각하는 사람들이 예전보다 줄어들었어.

—이모님, 그건 하늘 나라도 마찬가지인 것 같아요. 옛날에는 하늘에 하늘님이 계신다고 생각했잖아요? 근데 지금은 과학의 발전으로 하늘 나라가 없다는 것이 밝혀졌죠.

—순관아, 나도 종종 그런 생각을 했어. 그럼 신을 믿는 사람이 줄어들어야 하잖아. 근데 아무리 과학이 발달해도 신을 믿는 사람은 더 늘어나고 있대. 이상하지 않아?

玄隱金德成

붓을 든 신이 용을 타고 하늘로 올라가 별을 그리고 있다. 이 신을 믿으면 공부를 잘하고 과거에 급제하여 부귀영화를 누리며 장수한다는 염원이 담겨 있다. 화가 김덕성이 그린 문창신.

―그러게. 이모님, 해와 달에서는 사람이 살 수 없다는 것도 밝혀졌고, 하늘 나라도 없다는 것이 밝혀졌으니 신을 믿는 사람들도 줄어들어야 하는 게 맞지 않나요?

그렇지 않아. 인간은 동물들 가운데 신체에서 뇌가 차지하는 비율이 가장 커. 그래서 이것저것 새로운 것을 만들어 내고 발전시킬 수는 있지만 그만큼 불안을 크게 느끼는 존재란다. 많은 것을 생각해야 하고, 더 잘 먹고 잘 살기 위해서 노력할수록 불안해지는 거야. 인간 외에 다른 동물들은 뇌도 작고 다양한 생각을 하지 못해. 그만큼 단순하게 살기 때문에 인간만큼 불안이나 슬픔을 겪지는 않아. 그래서 인간이라는 존재는 신에게 의존하면서 살아갈 수밖에 없다는 뜻이지. 어차피 하늘 나라가 있느냐 없느냐는 애초부터 중요한 게 아니었어.

―이모, 그럼 신은 인간만 믿는 걸까?

그건 정말 어려운 질문이구나. 난 말이야, 소나 늑대 같은 동물들도 신을 믿을 수 있다고 생각해. 어느 정도 크기의 뇌를 가졌다면 말이지. 하지만 대부분의 동식물은 그렇지 않을 거야.
어쨌든 옛날에는 해와 달을 보면 그 속에 특별한 신이 살고 있다고 생각했지. 까마득한 옛날이라고 할 수는 없어. 왜냐하면 내가 어렸을 때만 해도 그런 생각을 했으니까.

―이모님, 진짜요? 해와 달 속에 신이 살고 있다고 믿었어요?

그래, 밤하늘에 떠 있는 달을 보면 할아버지, 할머니가 "저기에는 천 살도 더 먹은 옥토끼가 살고 있단다. 옥황상제가 그 토끼를 신으로 만들어서 달나라에 가서 일을 하게 한 거야. 그 덕분에 토끼는 산짐승들 중에서 가장 밝은 귀를 갖게 되었고, 늑대나 호랑이도 쫓아올 수 없는 가장 빠른 발을 갖게 되었단다. 옥토끼는 방아를 찧어서 이 세상에다 뿌리는데, 그 곡식 가루가 땅에 닿으면 씨앗이 되어

여러 곡식들이 자란단다. 그래서 저 옥토끼가 자주 나타나면 그해에는 풍년이 들지" 하고 말씀하셨어. 물론 이런 이야기는 동네 어른들도 들려주셨는데 사람들마다 하는 이야기가 조금씩 달랐어.

그때는 주로 귀동냥으로 이야기를 듣던 시절이라 누가 들려주느냐에 따라서 달랐지. 어떤 사람

예전에는 달에서 토끼들이 방아를 찧고 있다고 믿기도 했다. 달에서 약초를 찧는 토끼와 두꺼비를 표현한 통일신라 수막새.

은 옥토끼가 절구통에다 약초를 찧고 있다고 하면서 집안에 아픈 사람이 있으면 "옥토끼님, 우리 아버지 병을 낫게 해 주십시오" 하고 빌기도 했단다.

고분에서 나온 그림이나 기왓골 끝 부분에 사용된 수막새를 보면 옥토끼를 그린 것들이 많아. 옛날 사람들은 달에 옥토끼가 있다고 믿었던 거지. 보름달이 떠오를 때 보면 영락없이 토끼 두 마리가 절구 앞에서 방아를 찧고 있는 것처럼 보이잖아?

—이모님, 사실 전 아직도 그걸 믿고 싶어요. 달에 아무도 없는 것보다 토끼들이 살고 있는 게 더 좋잖아요?

—순관아, 만약 그런 토끼가 살고 있다면 사람들이 가만 두겠니?

—아, 그렇겠구나. 차라리 아무도 살지 않는 게 다행이네.

지금도 달에 그 토끼들이 살고 있을지 몰라. 그 토끼들은 신이라서 사람들이 달에 오면 모습을 숨기는 것이지. 나는 그렇게 생각할 때도 있단다. 너희가 믿거나 말거나.

옛날 사람들은 해와 달을 신이라고 생각하기도 했어. 지금 보기에도 해와 달은 신비롭잖아. 그래서 고분벽화에 나오는 것처럼 해와 달을 같이 그려 놓고 신으로 모신 거야.

—옛날 사람들은 해에 뭐가 있다고 생각했을까요? 달은 여기서 보기에도 두 마리 토끼가 있는 것처럼 보이지만 해는 잘 보이지 않 잖아요.

어쩌면 그래서 해가 더 신비로웠고 많은 상상력을 불러일으켰을 수도 있어. 해에는 까마귀나 두꺼비 같은 동물이 살고 있다고 생각 했지.

—까마귀랑 두꺼비요? 하, 특이하네요!

해에서 살고 있다고 전해지는 까마귀를 삼족오(三足烏)라고 하는 데 발이 세 개 달린 동물이야. 해 속에 살면서 하늘과 땅을 이어 준 다고 하지. 가끔 해에 까만 점이 생기면서 나타나는데 그걸 보면 엄 청난 복이 찾아온다고 믿었어.

해 속에 살고 있는 두꺼비도 마찬가지야. 이 녀석도 발이 세 개인 데, 땅에서 살다가 해로 올라간 신이야. 이 두꺼비는 온 세상에 풀과 나무가 자라게 해 주고 사람에게는 복을 가져다준다고 알려졌어.

—이모, 우리가 아는 까마귀랑 두꺼비하고는 다르네? 까마귀는 발이 하나 더 많고, 두꺼비는 발이 하나 없고. 우리가 보기에는 기

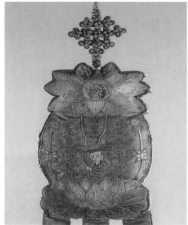

불교 신자들이 가지고 다니는 주머니로 위쪽에 달토끼나(왼쪽), 까마귀(오른쪽)를 수놓았다. 까마귀는 해의 신이라고 믿었다. 일월수 다라니주머니.

형이라고 생각할 수 있지 않아?

  그들은 신이기 때문에 우리가 알고 있는 평범한 까마귀나 두꺼비와 같아서는 곤란해. 그래서 발을 하나 더 만들기도 하고, 하나 없애기도 하는 거야. 뭔가 신비로워야 하니까.

  우리 조상님들뿐만 아니라 전 세계 거의 모든 민족이 해와 달에 영혼이 있다고 믿었어. 특히 우리 조상님들은 해신과 달신을 아주 중요하게 생각했지. 해와 달이 없으면 농사를 지을 수 없으니 살아갈 수가 없잖아? 그래서 해와 달을 신으로 모셨는데 그 신들이 화가 나면 홍수가 나기도 하고, 가뭄이 들기도 한다고 생각했어. 옛날에는 흉년이 들면 나라 전체가 살기 힘들어져서 수많은 사람이 굶어 죽었거든. 그만큼 농사가 중요했기 때문에 해신과 달신을 소중하게 모실 수밖에 없었던 거지.

게다가 해와 달은 영원하잖아? 삼국시대에도 해와 달이 있었고, 지금도 해와 달이 있으니까. 그걸 보고 우리 조상님들도 해와 달은 영원하다고 생각했어. 그렇게 영원한 해와 달에게 제사를 지내고 기도를 하면, 그곳에 살고 있는 신들이 풍년이 들게 해 주고, 몸도 아프지 않고 오래오래 살도록 해 준다고 생각했지.

해와 달은 늘 하늘에 떠 있기 때문에 사람들에겐 정말 두려운 존재야. 사람들의 생활을 다 들여다보고 있어서 누군가가 나쁜 짓을 하면 가장 먼저 해와 달이 알게 돼. 그래서 "나쁜 짓을 하면 하늘이 먼저 안다"는 속담이 나오게 된 것이지. 사람은 속일 수 있어도 해와 달은 못 속여. 해와 달을 믿던 시절에는 지금보다 사람들의 행복 지수가 상상도 할 수 없을 만큼 높았고 범죄도 거의 없었단다. 어찌 보면 범죄는 문명이 발달하면 할수록 더 많이 생기는 것 같아. 잘 먹고 잘 산다고 해서 그것이 행복하다고 할 수는 없는 거야.

—진짜 그 시절 사람들이 요즘 사람들보다 더 행복했을까?
—그러지 않았을까? 요즘처럼 누군가를 따돌리거나 몰래 괴롭히

는 일은 없었을 것 같아. 하늘이 다 보고 있었다잖아.

옛날에는 자기도 모르게 저지른 나쁜 짓이라도 해와 달을 보며 용서해 달라고 끊임없이 빌었지. 신들의 힘이 절대적으로 강했던 시절에는 오히려 그렇게 사람들이 행복했단다. 하지만 문명이 발달하고 신의 힘이 약해지면서 사람들의 행복 지수는 점점 낮아지고 있지.

—이모, 근데 하늘에 떠 있는 것은 해와 달만이 아니잖아? 수많은 별도 있잖아.

당연히 별도 신으로 모셨지. 그중에서도 우리 눈에 가장 잘 보이는 별인 북두칠성은 해와 달만큼이나 오래 전부터 신으로 모셔 왔어. 일곱 개의 별이 모여 있다고 해서 '칠성신'이라고 불러.

해와 달보다는 작지만 늘 밤하늘에 떠 있는 북두칠성을 보고 사람들은 그 별이 아주 특별한 능력을 가졌다고 생각한 거야. 그 별들도 사라지지 않잖아? 수천 년 전부터 지금까지 떠 있지. 그러니 그 별들도 영원한 거야. 사람들은 일곱 개의 별에는 영원히 죽지 않는 신들이 살고 있는데, 이들이 땅에서 살아가는 사람들의 수명을 관리한다고 생각했어.

이마에 별이 있는 일곱 신. 이 세상은 하늘과 땅으로 이루어져 있는데, 땅에는 사람들이 살고 하늘에는 신들이 산다고 믿었다. 그 중 일곱 개의 별로 된 신들은 수명을 관장한다고 믿었다. 그래서 사람들은 북두칠성을 좋아했다. 시신이 들어가는 관에 북두칠성을 그리면 후손들이 장수한다고 믿었다. 무신도 칠성신.

─이모님, 왜 그런 생각을 하게 됐을까요?

옛날 사람들은 죽은 자의 영혼이 별이 된다고 생각했어. 사람이 죽으면 그의 영혼인 '혼불'이 빠져나가는데, 그 혼불이라는 것이 작은 별처럼 생긴 빛들이 뭉쳐진 모양이거든. 그래서 밤하늘에 빛나는 별들을 하나하나 영혼으로 본 거야. 보통 별은 계절이나 시간에 따라 사라지기도 하거든. 근데 늘 자리를 지키는 별이 있으니 이를 보고 수명을 관리하는 신이라고 믿을 수밖에. 이 때문에 칠성신을 모셔 놓고 소원을 빌면 어른들은 오래 살고 아이들은 큰 병이 없이 잘 크며 집안이 평화로워진다고 생각한 거야.

효자라고 소문이 난 사람들은 집 근처에 칠성당을 지어 놓고 날마다 부모님의 장수를 기도했지. 집 근처에 있는 칠성당은 효자의 상징이었어. 민속박물관에 가면 칠성당 사진을 볼 수가 있는데, 보통 우물처럼 동그랗게 돌을 쌓아서 만들었어. 그것도 지역에 따라 다르단다. 그냥 헛간처럼 거적만 덮어 놓은 곳도 있고, 암자처럼 근사하게 지어 놓은 곳도 있지.

집 근처에 있는 칠성당은 자신의 마음을 다스리는 곳이기도 했어. 대부분 아침저녁으로 와서 기도를 했는데, 살아가면서 힘든 일이 있거나 아기를 낳지 못할 경우에도 칠성당 앞에서 날마다 기도했지. 칠성당은 마을 공동으로 만드는 경우도 있고 개인이 만들기도 했어. 그건 자유야. 누군가가 칠성당을 만들어 놓으면 여러 사람들이 와서 이용했어.

—그 칠성당 안에는 뭐가 있어요?

특별한 건 없어. 그냥 쌓아 놓은 돌무더기 그 자체가 칠성신이거든. 앞에서 말했듯이 칠성당 모양은 정해진 게 없어. 사람에 따라서 돌을 더 적게 놓기도 하고, 한 줄로만 쌓기도 하고, 나무로 만들기도 했어. 항아리 같은 곳에다 쌀을 담아서 칠성신이라고 모셔 놓기도 했고. 마음이 중요한 것이지 겉모습이 중요한 것은 아니거든. 그래도 북두칠성이 새겨져 있는 돌멩이나 나무가 있으면 더 경건한 마음이 들겠지. 그래서 칠성신이 새겨진 돌이나 나무를 모셔 놓기도 했어.

돈이 있는 사람들은 민화를 그리는 화가를 찾아가서 칠성신을 그려 달라고 했지. 그러면 화가들이 칠성신을 그려 주었는데 시대에 따라 모습이 달라. 일곱 명의 남자가 나오기도 하고, 여자들이 나오기도 하지. 스님들이 나오기도 하고, 고깔을 쓴 여자들이 나오기도 하며, 아이들이 나오기도 해. 이런 칠성신을 모시는 칠성당은 30~40년 전만 해도 시골에 가면 쉽게 볼 수 있었어. 아쉽게도 지금은 거의 사라져 버렸지.

효(孝)가 최고의 덕목이었던 조선시대에는 마을마다 칠성당을 만들어 부모의 만수무강을 빌었다. 칠성당 모양은 지역에 따라 다르며 바위나 나무를 쌓거나 작은 집으로 짓기도 했다. 칠성당.

—어쩌다 사라졌어요?

미신이다 뭐다 해서 다 없애 버린 거지. 그것도 우리 조상들의 오랜 전통인데……. 그 전통이 만들어지기까지는 수천 년이 걸렸는데 없애 버리는 것은 얼마 안 걸렸지. 아무리 미신이라고 생각해도 그렇게 해서는 안 되는 거야.

—이모, 절에 가면 칠성각을 볼 수 있지 않아? 그렇게라도 남았으니 다행인 거 아니야?

77

그건 그래. 절에 가면 산신각처럼 칠성각이 있어. 거기 가 보면 화가들이 그려 놓은 칠성신을 만날 수 있지. 앞서 말했듯이 불교가 우리나라에 들어오면서 토속신앙과 충돌했거든. 산신령이나 삼신할미, 칠성신은 불교가 오기 전에 이 땅에서 살던, 우리 조상들이 주로 믿던 신들이야. 불교는 그런 토속신앙을 배척하지 않고 인정해 준 거야. 그러면서 부처님이랑 같이 믿으라고 하면서 절 한쪽에 신전을 지어 준 셈이지. 하지만 보통 사람들이 집 주위에 지어 놓은 칠성당하고는 많이 달랐어. 원래 칠성신은 집 주위에 모셔 놓고 일상적으로 편안하게 기도하면서 자신의 마음을 위로받기도 했는데, 절에 모셔진 뒤로는 일부러 찾아가야 하는 곳이 됐지. 그만큼 멀어지고 어려워진 것이라고나 할까.

─그럼, 그렇게 그려진 신들이 북두칠성에 살고 있다고 생각한 거죠?

그렇지. 그래서 사람처럼 표현을 한 거야. 앞서 말한 삼신도 집에서 모실 때는 곡식 같은 것을 통에 담아 두었지만 화가를 불러서 그려 달라고 하면 삼신할미를 그려서 주는 것과 같은 이치야. 화가들만이 사람들이 생각하고 있는 신의 모습을 구체적으로 보여 줄 수 있었던 것이지. 당연히 그런 신의 모습은 시대에 따라, 그리는 화가에 따라, 의뢰하는 사람에 따라 다 다를 수밖에 없었어.

죽은 사람이 들어가는 관에 북두칠성을 표기하기도 했지. 비록 이승에서는 더 이상 살지 못하지만 저승에 가서는 칠성신의 보살핌을 받아 오래오래 살라는 뜻이야. 심지어 장수들이 싸울 때 쓰는 칼에도 북두칠성을 새겼는데, 칠성신의

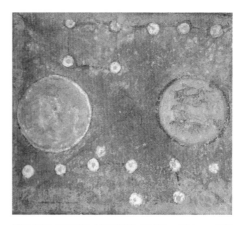

해와 달을 비롯하여 북두칠성을 무덤에 그려 놓고, 죽은 자가 하늘 나라에서 행복하게 살기를 빌거나 그 후손이 건강하게 살기를 바랐다. 오른쪽이 달이고 왼쪽이 해다. 고구려 약수리고분.

보살핌을 받아 쉽게 죽지 않을 것이라 생각하고 더 열심히 싸울 수 있었던 거야. 우리 조상들은 칠성신을 삼신할미만큼이나 많이 믿었지. 제법 인기가 좋은 신이었던 거야. 아주 오랜 옛날부터 지금까지 시간이 흐르고 세상이 바뀌었지만 칠성신은 우리 곁에서 살아오고 있어. 그 말은 아직도 칠성신을 믿는 사람들이 많다는 뜻이야. 자, 이런 것을 다 미신이라고 없애 버릴 수가 있겠니?

영원히 죽지 않는
불사할머니

옛날 사람들은 새해가 되면 덕담을 주고받았는데 "새해에는 복 많이 받으시고 건강하십시오!"라는 말을 가장 많이 했어.

— 이모님, 그건 지금도 마찬가지잖아요. 세배할 때 "할머니, 건강하시고 오래오래 사세요" 뭐 그런 말을 하잖아요. 그러면 어른들도 "우리 순관이도 올해는 몸 건강하고, 하고자 하는 일 잘됐으면 좋겠다"라고 덕담을 해 주시고요. 어른이든 아이든 건강에 대한 말을 꼭 하는 것 같아요.

그래, 그건 당연한 거야. 아무리 공부를 잘해도 건강하지 않으면 소용없으니까. 나이가 든 사람이라면 80대 할아버지든, 50대 큰아버지든 건강을 가장 중요하게 생각하시니까. 특히 집안에 나이 든 어른이 계시면 더욱 그런 말을 많이 하게 되지. 어른들은 명절이 되면 홍삼이나 녹용 같은 건강보조식품을 많이 선물하잖아. 그건 옛날이나 지금이나 마찬가지야.

오래 살고 싶은 열망이 강하다 보니 칠성신 같은 신이 생겨날 수밖에 없는 거지. 물론 칠성신뿐만 아니라 산신령이나 삼신할미도 사람들을 오래 살게 해 준다고 생각했단다. 그래서 사람들은 산신령이나 삼신할미한테도 "올해도 우리 어머니, 아버지를 건강하게 해 주시고, 아무 탈 없이 무더운 여름이 지나가도록 해 주십시오" 하고 빌었어.

—이모, 그럼 산신령이나 삼신할미도 사람의 수명에 관여했다는 뜻이야?

정해진 것은 없어. 산신령이나 삼신할미가 사람들에게 어떻게 한다고 알려 주는 문헌이 있는 것도 아니거든. 그건 칠성신도 마찬가지고. 다만 산신령이나 삼신할미는 주로 생명을 태어나게 해 주고 보살펴 주는 신이기 때문에 그런 신들에게도 오래오래 살게 해 달라고 빌었던 것이지. 사람들은 칠성신이나 해와 달에게도 생명을 점지해 달라고 기도했잖아. 그런 신들이 생명을 오래 살 수 있도록 해 주는 능력이 있다고 믿었기 때문이야.

이밖에도 마을에서 가장 오래된 당산나무나 성황당 앞에 가서도 새로운 생명을 점지해 달라고 빌기도 하고, 집안 어른들이 오래오래 살게 해 달라고 빌기도 했지. 또한 집안에서 오래 살다가 돌아가신 조상이 있으면 그분을 신으로 모시기도 했어. 그렇게 해서 나타난 신이 불사할머니야.

─불사할머니라고? 혹시 죽지 않는 할머니라는 뜻이야?

그렇단다. 영원히 죽지 않는 할머니라는 뜻이지. 불사할머니는 예로부터 아주 많이 모셨던 신이란다. 사실은 요즘도 불사할머니를 모시는 사람들이 제법 있지.

자, 여기 옛 그림에도 불사할머니가 나오는데 한번 보렴. 하얀 옷을 입은 불사할머니가 단정하게 앉아서 염주로 보이는 것을 손에 잡고 있는 게 보이지?

─이 그림은 특별히 신처럼 보이지 않아요. 그냥 평범한 할머니 같아요. 얼굴도 전혀 무섭지 않고요.

─어어, 진짜 그러네. 이모, 불사할머니는 대부분 이렇게 생겼어?

집 형태로 성황당을 만들거나 나무나 바위를 성황당으로 모시기도 했다. 성황당은 원래 호랑이를 신으로 믿는 것에서 유래되었다. 성황당.

그리는 사람에 따라서 다르겠지만 내가 본 불사할머니는 거의 다 그래. 볼수록 편안한 얼굴을 하고 있어. 신기하게도 말이야, 남자 신들은 얼굴이 우락부락하고 눈도 부리부리하며 눈썹이랑 수염이 아주 길지. 그렇게 한껏 과장이 되어 있는 데 반해, 여자 신들은 대체로 그렇지 않아. 남자 신은 주로 나쁜 귀신을 물리치는 역할을 했기 때문에 그렇게 무섭게 그렸을 거야. 그런데 여자 신은 굳이 그렇게 하지 않아도 특유의 강한 힘이 있다고 생각했던 모양이야.

—이모, 만화 같은 데 보면 악귀들은 대부분 여자잖아. 아주 무섭

게 나오고. 하지만 우리 조상들이 믿어 온 신 중에서 여자 신들은 만화에 나오는 악귀들처럼 무서운 얼굴이 아닌가 봐.

—맞아! 정말로 만화에 나오는 악마나 악귀들 중에는 여자가 많아. 아, 생각만 해도 소름 끼쳐. 머리를 길게 풀어헤치고 무서운 눈빛을 하고 있잖아.

물론 그런 신도 있겠지만 우리나라에 전해지는 신들 중에는 그렇게 무서운 얼굴을 한 신은 드물어. 만약 그렇게 무서운 얼굴을 하고 있다면 사람들이 가까이 두고 모시지 않을 거야. 게다가 여자 신은 대부분 생명

신내림을 받아 무당이 된 강신무들이 모시는 불사할머니는 사람의 생명을 관장하는 대표적인 신이다. 전직 무당이었거나 혹은 오래 살았던 할머니를 신으로 모시기 때문에 겉모습이 소박하다. 불사할머니를 삼신할미로 모시는 곳도 있다. 무신도 불사할머니.

을 보살펴 주는 일을 하고 있잖아. 그러니 얼굴이 무서우면 안 되지. 게다가 불사할머니는 삼신할미처럼 어린아이의 생명도 보살펴 주는 신이니까.

─그렇게 신들이 하는 일이 비슷비슷하면 서로 싸우지 않았을까요? 삼신할미랑 산신령이 불사할머니를 가만두지 않았을 것 같은데요. 히히히, 이건 그냥 제가 농담으로 하는 말입니다만.

순관아, 우리나라 신들은 그렇지 않단다. 신은 하늘에 계신 하늘님이 인정해야만 하는 거야. 그러니까 불사할머니도 하늘님이 인정해 준 신이라고 할 수 있어. 비록 오래 살다가 죽은 어떤 사람이겠지만 그 사람이 신이 되어 이승으로 돌아올 수 있었던 것은 다 하늘님의 뜻이거든. 그러니 문제가 되지 않지. 그래서 일부 지방에서는 불사할머니를 삼신할미처럼 모시기도 해. 실제로 불사할머니를 삼신할미 혹은 칠석할미라고 부르는 지역도 있단다. 어차피 비슷한 역할을 하기 때문에 기도하는 사람의 마음이 더 중요하다고 생각한 거야.

새로운 생명을 점지받기 위해서는 순리대로 착하게 살아야 하며, 오래 살기 위해서도 역시 혼자서만 욕심을 부려서는 안 되고 주위 사람들을 배려하면서 잘 살아야 하는 거야. 맨날 나쁜 짓 하고 혼자 욕심꾸러기처럼 돈을 아주 많이 벌면서 자기네 식구들만 챙기는 사람이 오래오래 살게 해 달라고 빌면 불사할머니든 칠성신이든 들어주겠니?

—이모, 근데 요즘은 돈 많은 사람이 오래 살잖아. 가난하지만 착하게 산 사람보다 욕심 많고 남을 배려하지 않아도 돈만 많으면 오래 살지 않아?

　이제 돈이 신보다 더 큰 힘을 발휘하는 세상이 된 거야. 그래서 요즘 사람들의 삶의 만족도가 과거보다 훨씬 떨어진다고 말하는 거지. 신은 우리를 적절하게 통제하면서 순리대로 살아가게 하지만 돈은 그렇게 할 수 없어. 돈은 가지면 가질수록 더 많은 것을 원하게 만들지. 오히려 사람들에게 "더 많이 벌어라! 더 많이 벌어야 좋단다!" 하고 부추기는 힘이 있어. 자, 어쨌든 불사할머니도 오랫동안 우리 조상님들의 불안한 마음을 달래 준 신이야.

　—이모, 그럼 불사할아버지는 없어?

　당연히 있지. 조상님들 중에서 오래 살았던 할아버지가 신이 되어 모셔지는 경우도 많았어. 그런 할아버지를 불사할아버지라고 하는데, 불사할머니만큼 많지는 않았어. 왜냐하면 남자 신들은 이미 아주 많거든. 그래서 산신령을 불사할아버지라고 모시는 곳도 있지.
　사실 남자 신들은 다들 비슷하게 생겼단다. 기본적으로 하얀 머리

불사할머니가 죽은 이의 묫자리를 잡아 주는 지관신과 살아 있는 이를 출세시키는 글문신을 앞에 두고 앉아 있다. 남자 신들은 조선시대 양반 복장을 하고 있으며 건강의 상징인 흰 수염을 길게 늘어뜨리고 있다. 무신도 불사할머니와 다른 신들.

와 하얀 눈썹을 하고 있지. 그 다음에는 큰 지팡이 하나를 가지고 있을 것이고. 영원히 죽지 않고 살아가는 신선들도 다 산신령이랑 비슷하잖아? 그러니 불사할아버지가 산신령하고 비슷하게 생긴 것은 당연하고, 산신령을 불사할아버지라고 부른 것도 당연한 일이야.

—아, 맞아요. 저도 신선들 그림을 많이 봤는데 모두 하얀 수염이

있었던 것 같아요. 그럼 오래 살기 위해서는 하얀 수염을 길게 길러 야겠네요. 한약방도에 나오는 할아버지처럼요.

길쭉한 머리끝에서
신통력이 나오는 수노인

불사할아버지를 수성노인이라고 부르기도 했지. 또는 남극노인 이라고도 불렀어.

―이모, 그게 무슨 뜻이야? 남극노인은 남극에서 왔고, 수성노인 은 수성에서 왔어?

하하, 그건 아니야. 당연히 별이 신이 되기 위해서는 다른 별에 비해서 크고 또렷해야만 해. 그러니까 크고 밝게 보일수록 신으로 모셔질 가능성이 높아진단다. 밤하늘에 뜬 별 가운데 시리우스 다 음으로 밝은 별이 있는데, 우리나라에서는 그 별을 노인성(카노푸 스) 혹은 남극성, 수성이라고 불렀어.

길고 크게 그려진 머리통이 특징인 남극노인. 손에는 장수를 의미하는 한자 수
(壽) 자를 들고 있다. 허리춤에는 아픈 사람을 치료해 주는 약물이 든 표주박을
들고 있다. 수성노인도.

노인성이란 노인을 건강하게 해 주는 신이 사는 별이라는 의미이고, 남극성이란 그 별이 남쪽에서만 볼 수 있다는 뜻이며, 수성이란 오래오래 살게 해 주는 별이라는 뜻이야. 크고 밝게 보이기 때문에 신으로 모시는 것은 당연한 일이었지.

그 별은 남쪽에 있는 제주도에 가야만 볼 수 있어. 그것도 봄이나 가을에만. 조선시대에는 그 별을 보기 위해서 일부러 배를 타고 제주도까지 찾아가기도 했단다. 별에는 수노인 혹은 남극노인이라는 신이 있는데, 그 별을 보고 소원을 빌면 큰 복이 오고 장수한다고 믿었기 때문이야.

—아, 서울에서도 볼 수 있으면 좋았을 텐데요!

그러게 말이다. 아무튼 조선시대에는 이 노인성을 믿지 않는 사람이 없었어. 일단 그 별은 보기도 힘들기 때문에 그만큼 신비로웠고, 그래서 더 귀한 신으로 모셔진 셈이야. 노인성이 보이지 않으면 그냥 남쪽 하늘을 쳐다보면서 "수노인이시어, 우리 아버님 병환을 낫게 해 주시고 오래오래 살게 해 주십시오!" 하고 빌기도 했지.

—어, 이게 수노인이군요. 진짜 특이하게 생겼어요. 꼭 외계인 같아요.

—이모, 난 수노인 그림을 절에서도 본 것 같아. 워낙 독특하게 생겨서 금방 생각이 나. 대웅전 같은 데 들어서서 벽화를 보면 여러 신이 그려져 있잖아? 신들 속에 꼭 수노인이 있었던 것 같아.

그래, 수노인은 신들 사이에서는 제법 대접받는 어른이야. 자, 그림을 보렴. 다른 신들보다 특이하게 생겼고 나이도 들어 보이지? 아마도 그래서 다른 신들도 수노인을 어른으로 모셨는지 몰라. 네 말처럼 절에 가서도 수노인을 쉽게 볼 수 있어. 부처님을 비롯하여 여러 보살들이 그려져 있는 벽화에서 수노인을 발견할 수 있지. 수노인이 부처님 제자는 아니야. 불교가 오기 전부터 우리 조상들이 모셨던 신이야. 불교는 그런 수노인을 무시하지 않았고, 신으로 인정해 주었어. 그래서 수많은 불교 그림을 보면 수노인이 나오는 것이지.

자, 이 그림을 보렴. 이건 평범한 가정집 나무 대문이란다. 절이 아니라 가정집에서도 수노인을 그려 놓고 복을 빌었다는 뜻이야.

—아, 정말 대문에 그려져 있네요!

워낙 머리 모양이 워낙 특이해서 지나가는 아이들도 걸음을 멈추고 쳐다보다가 저도 모르게 두 손을 모으고 부모님의 건강을 빌기도

이 집에 사는 모든 사람들이 아프지 않고 오래오래 살기를 염원하는 마음을 담은 그림. 눈이 부리
부리하고 흰 수염이 많은 것은 나쁜 귀신을 물리치고 오래 살도록 돕는다는 의미이다. 수노인도.

했지. 하도 특이하게 생겨서 누구나 알아볼 수 있었어. 실제로 저렇
게 생긴 사람은 없을 거야.

　—하하, 머리가 엄청 길쭉해. 머리가 너무 큰 거 아니야?
　—진짜 특이하다! 별을 보고 그런 상상을 했다는 것도 대단해.

　저 신을 보면 머리가 길기도 하지만 키가 작다는 것도 알 수 있
어. 키가 3척밖에 되지 않으니까, 약 90센티미터 정도란다. 1미터도
되지 않으니 어지간한 아이들보다 훨씬 작지. 그렇지만 호랑이와
싸워도 이길 것 같은 느낌이 들 정도로 강해 보이지 않니?

―예, 눈이 부리부리하고 흰머리와 흰 수염이 인상적이네요. 그 것도 귀신들을 상대해야 하기 때문에 그렇게 그린 거죠?

―순관아, 그럴 거야. 내가 귀신이라고 해도 무서워하겠어. 이모, 근데 자세히 보니까 머리 가르마가 있는 부분이 특이하네?

채영아, 저 긴 머리는 별을 의미해. 머리 꼭대기 가마가 있는 곳 에는 붉은 점이 있는데, 그것이 바로 별이야. 그러니까 저 신은 머 리에 별을 가지고 있는 거야.

―와, 어떻게 그런 생각을 했을까요? 너무 기발해요.

이 그림을 보면 옛날 사람들의 상상력이 뛰어나다는 것을 알 수 있어. 자, 이렇게 신비로운 힘을 가진 신이니 이런 그림을 누구나 갖고 싶지 않겠니?

―이모님, 저도 하나 갖고 싶어요. 집에 걸어 두면 나쁜 귀신이 들어올 수 없잖아요.

옛날 도화서에서 일했던 화가들은 12월이 되면 가장 바빴단다. 왜냐고? 새해 선물로 그림을 많이 주고받았거든. 그림처럼 좋은 선물이 없었어. 수노인을 그린 그림도 최고의 선물로 인기가 좋았어. 심지어 왕도 수노인이 그려진 선물을 가장 좋아했단다. 조선시대에는 유교를 숭상하며 다른 종교를 원칙적으로 금지했어. 그래서 수노인을 믿어서는 안 되지만 이렇게 그림을 주고받는 것은 괜찮았어. 결국 수많은 신들을 믿었다는 뜻이겠지.

세상에서 가장 강력한
무기를 가진 벼락장군

—아무리 봐도 수노인 캐릭터는 독특해요. 어떻게 저런 상상을 했을까요? 진짜 신 같아요. 그래서 많은 사람들이 수노인을 믿었나 봐요. 제가 지금까지 본 신 중에서 가장 독특해요.

—순관아, 내가 보기에도 그래. 길쭉하고 큰 머리가 너무 독특해. 이모, 하늘에 떠 있는 해와 달 그리고 별을 신으로 모셨다면 벼락 같은 것도 신으로 모시지 않았을까? 벼락은 잘 보이지 않아서 신으로 모시기 힘들었을까?

벼락은 비록 별처럼 자주 보이지는 않지만 대신 엄청난 소리와 함께 땅에 타격을 주잖아? 그러니 사람들이 해와 달보다 벼락을 더 무서워하기도 했지. 벼락은 신이 아니라 자연현상에 의해 나타나는 것이라고 밝혀진 요즘에도 벼락이 치면 무서워하는 사람이 많지.

—이모님, 저도 무서워요! 얼마 전에 인터넷에 떴잖아요! 비 오
는 날 번개가 치는 장면이 자동차 블랙박스에 잡혔는데 아찔하더라
고요.

—이모, 나는 벼락보다 번개가 더 무서워. 어딘가를 내리치는 벼
락도 무섭지만, 파란 불이 눈앞에서 일렁이는 번개를 보면 숨죽이
게 돼. 그러니 옛날 사람들은 얼마나 무서웠을까? 하, 정말 죄지은
사람들은 가슴이 조마조마했을 거야.

옛날 사람들은 벼락을 신의 무기라고 여겼는데 어떤 신이 사용하
는지는 시대에 따라 지역에 따라 생각이 달랐단다. 어떤 사람들은
하늘님이 죄를 지은 인간에게 벌을 내리기 위해서 사용한다고 생각
했고, 어떤 사람들은 용왕이 하늘님의 명을 받아 벼락을 내린다고
도 했어.

그렇다면 벼락은 어떻게 생겨나는 것일까? 옛날 사람들은 주로
용이 입으로 뿜어낸다고 생각했지. 용은 용왕이 부리는 동물이잖
아? 그러니까 결국은 하늘님의 명을 받아 용왕이 벼락을 내린다고
생각하는 사람들이 많았어.

그렇게 하늘님이나 용왕의 명을 받은 용이 벼락을 뿜어낸다고 생

ⓒ국립민속박물관

눈에 보이지 않지만 강력한 소리와 함께 내리치는 벼락이야말로 우리 조상들이 가장 두려워하는 신이었다. 벼락장군도.

각하면서도, 또 한편으로는 따로 벼락의 신이 있다고 생각한 거야.

자, 벼락을 무기로 쓰는 신은 어떻게 생겼을까? 피뢰침이 발명되고서 벼락으로 인한 피해가 줄긴 했지만 아직도 벼락에 맞아 죽거나 다치는 사고가 있어. 아무리 과학이 발달해도 벼락을 완벽히 막을 수는 없단다. 그래서 옛날 사람들은 벼락을 부리는 신이 있다고 여기며, 그 신은 얼굴이 무시무시하게 크다고 생각했어. 벼락의 신이 두 손에 불덩이를 들고 있다가 하늘에서 땅으로 던지면 벼락이 친다고 생각했지.

국립민속박물관에 있는 〈벼락장군도〉를 보면 양손에 벼락을 쥐고 있는 신을 볼 수 있어. 어때? 너희가 상상한 모습과 비슷하니? 벼락장군이 이렇게 불덩이를 양손에 들고 다니다가 나쁜 일을 하는 사람을 보면 "이놈들 맛 좀 봐라!" 하고 던져서 혼내 주는 거지.

─옛날 사람들은 벼락을 아주 뜨거운 불덩이라고 생각한 모양이

네요. 벼락장군이 꼭 대장간에서 일하는 사람처럼 생겼어요.

─이모, 나는 용이 벼락을 내린다는 말이 더 그럴듯해. 왠지 손으로 벼락을 던지는 모습이 잘 상상되지 않아.

그래, 사람마다 생각이 다 다른 법이니까. 벼락장군은 사람뿐만 아니라 나쁜 짓을 하는 귀신에게도 불덩이를 던졌어. 그래서 귀신들도 벼락장군을 무서워했지.

김덕성이 그린 〈뇌공도〉를 보면 더욱 강력한 벼락장군을 만날 수 있어.

─이모, 이게 벼락장군이야? 앞에서 본 그림과는 전혀 다르잖아?

─이모님, 이건 칼을 잘 쓰는 무사 같아요! 저 신은 불덩이가 아니라 칼을 휘두르고 있잖아요. 그럼 벼락은 어떻게 일으키는 거예요? 설마 칼을 휘두를 때마다 벼락이 치는 건가요?

응, 맞아. 칼을 휘두를 때마다 번개가 번쩍이고 곧이어 우르릉 쾅쾅 천둥이 천지를 호령하는 거야. 아니면 등에 차고 있는 망치로 천둥을 일으키는지도 모르지. 온몸이 근육질에다 손발톱은 사자보다 더 커 보여. 벼락장군이 등장하면 세상 모든 귀신은 바들바들 떨었을 거야. 귀신뿐만 아니라 남을 괴롭히는 사람도 무서워서 부들부

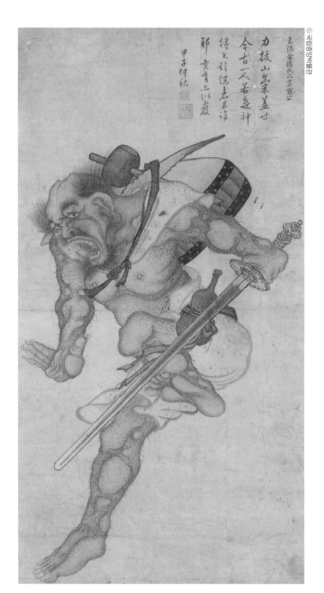

인격화된 벼락신의 모습으로 그 어떤 신보다도 역동적이다. 화가 김덕성이
그린 뇌공도.

들 떨었겠지. 나쁜 짓을 하면 하늘이 벌을 내린다는 말이 있는데, 바로 벼락장군이 혼내 준다는 뜻이야.

물론 벼락장군은 하늘님의 명을 받고 살아가는 신이야. 그런데 가끔은 다른 신을 통제하기도 했던 모양이야. 고전소설인 「최고운전」을 보면 이런 이야기가 나오지. 용왕이 하늘님의 말을 듣지 않고 엉뚱한 짓을 한 거야. 근데 용왕은 워낙 힘이 강하기 때문에 하늘님이 벌을 주려고 해도 쉽지 않아. 그럴 때 하늘님이 벼락장군을 부른단다.

"벼락장군! 내가 그대를 부른 것은 서해 용왕의 아들을 벌하기 위해서이다. 용왕의 아들은 사사로운 감정으로 비를 내리지 않아 인간을 비롯하여 여러 동물이 다 죽어 가고 있다. 그러니 그대가 가서 서해 용왕의 아들을 혼내 주고 오너라."

그러면 벼락장군은 "예, 알겠습니다!" 하고 날아가는 거야. 곧바로 붉은 검을 들고 서해로 내려가서는 "네 이놈, 이목아! 내가 하늘의 명을 받고 네 목을 베러 왔으니 어서 나와 벌을 받으라!" 하고 용왕의 아들을 찾아다녔지.

〈뇌공도〉에 나오는 것처럼 험악하게 생긴 벼락장군이 큰 소리로 용왕의 아들인 이목을 꾸짖으며 검을 휘두르자, 이목은 두려워서 부들부들 떨었어. 하지만 최치원의 부탁으로 비를 내리게 했다고 하자 벼락장군은 이목을 죽이지 않고 되돌아간다는 이야기야. 그걸 보면 벼락장군은 칼을 휘두르기도 했던 모양이야.

─이모님, 그럼 용이 비바람을 일으키고 벼락을 내린다는 말은 틀린 건가요?

─나도 용이 벼락을 내린다고 알고 있었는데……. 게임에서도 용이 벼락을 뿜어내잖아? 순관아, 안 그래?

그건 다 생각하니 나름이야. 옛날 사람들은 벼락장군이 있다고도 생각했고, 용이 벼락을 뿜어낸다고도 생각했으니까. 그건 사람에 따라 다른 거란다.

─그럼, 벼락장군을 믿으면 어떤 점이 좋아요?

벼락장군은 강력한 힘으로 집안에 들어온 나쁜 액을 막아 주고, 또한 큰 병이 들어오지 못하도록 막아 주어서 오래오래 건강하게 살 수 있게 해 준다고 생각했어. 그러기 위해서는 죄를 짓지 않아야 한다는 점을 강조했지. 벼락장군은 죄지은 사람을 가장 싫어했거든.

3장

나쁜 기운을 막고 복을 가져다주는 신

예능신 창부씨는 자연재해를
막아 내는 힘이 있어서
마을 단위로 모시며 굿을 했어.

· · · · · · · · · ·

악기를 다루고 춤을 추는 예능신 창부씨

채영아, 순관아! 어때? 들을 만하니? 어쩌다 보니 내 생일에 너희에게 이런 이야기를 하게 됐네. 듣다가 궁금한 게 있으면 언제든지 질문해. 난 강연 전에 항상 청중에게 당부하거든. 내 이야기를 비판적으로 들어 달라고 말이지.

―잘 모르는 분야라 질문을 많이 할 수는 없지만 재미있고 편안해요. 만약 제가 조선시대나 고려시대에 태어났다면 이모님이 말씀하신 신들을 믿으며 살았을 것 같아요. 옛날 사람들의 삶은 신과 뗄 수가 없었던 것 같네요.

―이모, 나도 좋아. 이야기도 재미있고 이모가 편하기도 하고. 솔직히 말하면 엄마, 아빠보다 더 좋아. 부모님이랑 이야기하면 가끔

너무 답답하거든.

채영아, 그건 부모님이기 때문에 그렇게 느껴지는 걸 거야. 어쨌든 너희가 그렇게 생각해 주니 고맙다. 자, 그럼 이제 내가 좋아하는 신을 소개할게.

우리 조상들이 노는 걸 얼마나 좋아했는지 잘 알지? 사실 우리 조상들뿐만 아니라 다른 민족도 노래하고 춤추는 것을 좋아했어. 노래와 춤은 옛날 사람들에게 삶의 활력소이자 종교의식이기도 했거든.

자, 이건 통일신라시대의 유물인 금동주악상이야.

─근데 주악상이 무슨 뜻이죠?

주악이란 음악을 연주한다는 뜻이야. 그러니까 금동주악상은 금으로 만들어진 사람이 음악을 연주하는 모양이라는 뜻이겠지. 눈을 지그시 감고 악기를 연주하는 모습이 보기만 해도 마음이 편안해지지? 악기를 불고 있는 사람은 신이란다. 무섭게 불을 뿜으면서 악귀를 혼내 주는 신도 필요하지만 때로는 이렇게 악기를 불며 부드럽게 나쁜 기운을 몰아내는 신도 필요했던 거야. 신의 세계에는 강력

나쁜 악귀를 물리치는 데 악기도 사용되었다. 소리야말로 신이 낼 수 있는 가장 강력한 무기 가운데 하나이기 때문이다. 금동주악상.

한 무력을 가진 신도 있고 이렇게 부드러운 힘을 선보이는 신도 있어. 굳이 폭력을 쓰지 않고 감미로운 음률로 악귀를 물리친다면 그게 더 좋은 거 아니겠니?

─싸우지 않고 음악으로 악을 물리칠 수 있다면 좋겠네. 이모, 저런 신들이 현실에도 있으면 좋겠어. 그럼 서로 싸우는 사람도, 전쟁하는 나라도 없을 것 같아.

그러게나 말이다. 혹시 너희 '가릉빈가'라고 들어 봤니? 가릉빈가는 반은 사람이고 반은 새인 상상의 동물인데 옛날 무덤이나 집터

음악으로 나쁜 귀신을 물리친다는 음악의 신이 반인반조 모습으로 피리를 불고 있다. 문경 봉암사 지증대사탑 기단부 하대석 상부 가릉빈가. ⓒ문화재청

에서 이런 모습이 새겨진 것들이 많이 발견되고 있어. 특히 여기 이 그림을 보렴. 이건 문경 봉암사 지증대사탑에 새겨진 가릉빈가야.

특이하게도 가릉빈가의 사람 부분은 대체로 여자란다. 자, 거길 보면 여신이 아름다운 멜로디를 연주하여 악귀들을 물리치고 있어. 신들이 연주하는 악기는 귀신들의 귀를 먹게 하고 나쁜 마음을 제거하는 마법을 가지고 있거든. 이뿐만 아니라 말라죽는 풀들을 파릇파릇 살아나게 하고 근심 걱정에 빠진 백성들의 얼굴에 활기가 돌게 한단다. 그래서 수많은 신들이 음악을 좋아했지.

―역시 여자들은 특별한 힘을 가지고 있어. 채영아, 너는 어떻게 생각해? 헤헤헤.

―뭐, 남자들하고 다르다는 것은…… 나도 인정. 히히히.

신들이 음악을 좋아하자 아예 음악을 전문적으로 하는 신이 등장하게 된 거야. 평소에는 칼이나 창을 들고 악귀를 물리치다가 한가

해지면 악기를 연주하는 게 아니라 전문적으로 악기만 연주하고 춤만 추는 신이지. 그게 바로 창부씨야.

—혹시 창부타령이라는 말과도 관련이 있나요?

당연하지. 자, 일단 그림부터 보자. 이건 국립민속박물관에 있는 〈창부씨〉야.

—여기 나오는 사람이 창부씨야? 그냥 사람 같은데? 전혀 신처럼 보이지 않아.

수노인처럼 아주 특이하게 생긴 신도 있지만 대부분은 평범한 사람처럼 생겼지. 그게 우리나라 신들의 특징이야. 여기 나오는 창부씨도 마찬가지란다. 창부란 무당의 남편이면서 악기를 연주하는 사람을 뜻하는 말이야. 무당 주위에서 악기를 연주하거나

옛 사람들은 악귀들이 아름다운 소리를 소유하지 못할 것이라고 생각했다. 그래서 다양한 음악을 연주하는 신이 등장했다. 무신도 창부씨.

굿하는 것을 도와주고 가끔씩 노래를 부르기도 해. 창부가 부르는 노래를 창부타령이라고 하는데 많은 사람들이 따라 불렀어. 그러다 창부타령은 민요가 되었지. 옛날에는 그게 대중가요였어. 대중가요가 따로 있는 게 아니잖아? 어떤 노래든 많은 사람들이 자연스럽게 따라 부르면 그게 대중가요인 거지. 창부타령은 여러 가지가 있지만 내가 아는 것을 불러 볼게.

아니 아니 노지는 못하리라. 서산에 해 기울고 황혼이 짙었는데 안 오는 님을 기다리며 마음을 조일 적에 동산에 달이 돋아 왼 천하를 비쳐 있고 외기러기 홀로 떠서 짝을 불러 슬피 우니 원망스런 우리 님을 한없이 기다리다 일경, 이경, 삼, 사, 오경, 어느 듯이 새벽일세. 추야장 긴긴 밤을 전전불매 잠 못 들 제 상사일념 애타는 줄 그대는 아시는가. 둘 데 없는 이 내 심사 어디에다가 붙여 볼까. 차라리 잊자 해도 욕망이 난망이라 차마 진정 못 잊겠네. 얼씨구 절씨구 절씨구 지화자 좋구려. 태평성대가 좋을시고 디리리 디리리리리리리 아니 노지는 못허리라. 한 송이 떨어진 꽃이 낙화 진다고 설워 마라. 한번 피었다 지는 줄을 나두 번연히 알면서도 모진 손으로 꺾어다가 시들기 전에 내버리니 버림도 쓰라리거든 무심코 밟고 가니 갠들 아니 슬플소냐. 숙명적인 운명이라면 너무도 아파서 못 살겠네. 얼씨구나 좋구나 지화자 좋구려. 태평성대가 여기로다. 아니 아니 노지는 못하리라. 사랑

사랑 하니 사랑이란 게 무어인가. 알다가도 모를 사랑 믿다가도 속는
사랑 오목조목 알뜰 사랑 왈칵달칵이 싸움 사랑 무월삼경 깊은 사랑.

 ─와아, 박수! 이모님, 정말 노래 잘하시네요.
 ─이모, 가사가 애절해. 이런 노래를 창부들이 불렀다고? 대중가
요가 될 만하네.

 물론 사람들이 따라 부르면서 가사가 많이 바뀌었겠지. 아무튼
창부씨는 저 그림에 나오는 것처럼 부채로 흥을 돋우면서 신나게
노래를 하는 거야. 창부가 입는 옷은 팔 부분은 색동으로, 몸통은
초록색으로 되어 있는데 소매가 넓고 양 옆구리가 터져 있어서 움
직이기 편하도록 만들었어. 창부는 북을 치면서 춤을 추기도 하고,
피리를 불면서 춤을 추기도 하지. 그렇게 창부들이 노래를 잘하고
춤을 신나게 출수록 무당의 힘이 더 강해져서 신통력이 생긴다고
믿었어.
 아주 명성이 높은 광대가 죽으면 그를 좋아했던 무당이 돌아가신
분을 창부씨로 모시는 경우가 일반적이야. 인기가 많은 광대일수록
죽어서 더욱 강하고 신비로운 힘을 가진 창부씨가 되었겠지.

 ─그럼, 인기가 없었다면 창부씨가 될 수가 없었겠네요?

창부씨

창부씨는 실존하던 인물을 신으로 모시는 경우가 많다. 사람들은 살아생전 덕을 쌓은 사람이라면 신이 되어서도 신통력이 클 것이라 믿었다. 창부대신도.

당연해. 창부란 무조건 노래 잘하고 춤 잘 추고 악기를 잘 다루는 아티스트거든. 그런 힘으로 나쁜 귀신을 이겨 내야 하기 때문이지. 그래서 창부의 명성이 자자하면 죽어서도 그를 신으로 모시는 무당들이 많을 수밖에 없는 거야.

창부씨는 1년 열두 달 내내 액운을 막아 준다고 전해지고 있어. 특히 홍수나 가뭄 혹은 여러 가지 재앙을 예측하고 막아 내기로 유명해. 당연히 창부씨는 사람들에게 인기가 좋았어. 때로는 마을 전체의 나쁜 액을 막아 내기 위해서 창부굿을 하기도 했지. 자연재해를 예측하고 막아 주는 힘이 있기 때문에 마을 단위로 창부씨를 모시고 굿을 한 거야.

—만약 옛날에 신을 상대로 인기투표를 했다면 창부씨가 단연 1등이겠네! 노래 잘하고 춤 잘 추니 누가 당해 내겠어?

—노래 잘하고 춤 잘 추면 하늘님이나 용왕이 자주 부를 것 같은데. 어이, 창부씨! 내 생일날에 와서 축하 노래 좀 부탁드립니다. 뭐 그러면 거절하지 못할 거 아니야?

하하하, 그런 생각은 못 해 봤네. 창부씨는 신의 세계에서도 가장 인기가 좋아 여기저기 불려 다니느라 가장 빠른 구름을 타고 움직일지도 모르지.

신이 된 옛이야기 속
바리데기

───◈───

순관아, 채영아! 너희는 어렸을 때 어떤 이야기를 좋아했니?

―이모님, 저는 초딩 때 똥 이야기를 가장 좋아했어요. 히히히, 그래서 똥이 나오는 동화책은 거의 다 본 것 같아요. 그 다음이 동물이고요.

―난 귀신 이야기. 주로 귀신 나오는 옛날이야기!

―어, 나도 귀신 이야기 좋아했어. 귀신 이야기 싫어하는 애들도 있니?

나도 어릴 때 밤이면 귀신 이야기를 했지. 그때는 진짜 귀신을 봤다는 사람이 워낙 많아서 이야기에 푹 빠져들었어. 그중에서도 아

이들이 가장 무서워했던 귀신이 바로
아기귀신이야.

ⓒ국립민속박물관

　—아, 아기귀신이라는 말만 들어도
온몸에서 소름이 돋아.
　—이모님, 우리 엄마가 그러는데요.
아기귀신은 울음소리가 고양이 울음소
리랑 비슷하대요.
　—으으, 무서워!

　하지만 아가귀신을 무서워할 필요는
없단다. 우리나라에 전해지는 아기귀
신은 사람을 해치지 않거든. 오히려 아
기귀신은 소원을 잘 들어준다고 하니

결혼을 한 지 얼마 되지 않아 죽거나 집안의
반대로 결혼을 하지 못하고 죽은 이들은 신
이 된다고 믿었다. 신랑신부신은 사랑하는
사람들이 소원을 이룰 수 있도록 도와준다.
신랑신부신.

까 무서워하지 않아도 돼. 어차피 신이란 살아 있는 사람들이 만들
어 낸 것이기 때문에, 모든 사람이 신이 될 수 있었어. 심지어 신랑
신부신도 있는걸.
　살아가다 보면 여러 문제에 부딪히는데 그것을 해결하기 힘들면
참 괴롭잖아? 사람은 생각을 하고 상상을 하기 때문에 그때마다 상
상력으로 신을 생각해 낸 거야. 그런 신을 믿는다고 해서 많은 시간

을 뺏기는 것도 아니고, 돈이 많이 드는 것도 아니라서 일상생활에 전혀 지장을 받지 않았어. 오히려 위로받으며 살았으니까 큰 도움이 되었지. 그러다 보니 여러 신이 탄생한 거야.

자, 또 다른 그림을 보여 줄게.

—어, 이건 여자아이 같은데요?
—이모, 손에 무슨 꽃을 들고 있네! 아이 뒤에는 뾰족한 바위산이 그려져 있고, 앞에는 우물이 있어.

한손에는 신비로운 약초를 들고 또 한손에는 약물을 든 바리데기신. 옛이야기에 나오는 한 장면을 표현했고, 그 주인공 바리데기를 신으로 부활시켰다. 무신도 동자마지.

저 아이 앞에 있는 옹달샘 같은 샘물은 보통 물이 아니란다. 아픈 사람을 치료하는 신비로운 약물이야. 당연히 손에 들고 있는 꽃도 우리 주위에서 볼 수 있는 흔한 풀꽃이 아니야. 멀리 저승을 넘어 신선 세계에 가야 구할 수 있는 신비로운 약초로 죽은 사람도 살려 낼 수 있지. 그런 풀꽃을 피살이꽃 혹은 숨살이꽃이라고 불러.

—이모, 옛이야기 속에 나오는 숨살이꽃, 피살이꽃을 말하는 거야?

—저도 어디선가 읽은 것 같아요. 숨살이꽃을 죽은 사람 코에다 문지르면 다시 숨을 쉬게 되어 살아나는 거죠? 피살이꽃을 죽은 사람의 살에다 문지르면 피가 돌아서 살아나고요. 결국 둘 다 죽은 사람을 살려 내는 신비로운 약초인 거죠.

맞아, 설화 「바리데기」를 비롯해 수많은 옛이야기에 그와 비슷한 내용이 나오지. 바로 저 신이 옛이야기에 나오는 바리데기야. 「바리데기」는 어른이나 아이들이 아주 좋아하던 이야기란다. 특히 조선 시대에는 바리데기처럼 부모님에게 효도하는 것이 최고의 덕목이었어.

「바리데기」는 지역에 따라, 들려주는 사람에 따라 이야기가 조금씩 달라. 나는 어린 시절에 이렇게 들었단다. 옛날에 어떤 부자가 일곱 명의 딸을 두었어. 아들을 낳기 위해서 하나둘씩 낳다 보니 그렇게 된 거지. 아버지는 일곱 번째 아기도 딸로 태어나자 화가 나서 함지박에 담아 강물에 버렸어. 강물에 떠내려가던 바리데기는 어느 늙은 부부의 눈에 띄는데 마침 그들은 슬하에 자식이 없었어. 그래서 용왕님이 내려 준 자식이라 생각하고 잘 키우게 되지.

바리데기가 열다섯이 되던 해에 친아버지가 큰 병에 들었는데 여섯 딸이 다 나 몰라라 하는 거야. 그제야 아버지는 크게 슬퍼하면서 강에 버린 바리데기를 떠올렸어. 용하다는 의원이 와서 하는 말이 이 병은 불사약을 먹어야만 낫는다고 했어. 그러나 그 어떤 딸도 약을 구해 오겠다고 하지 않았지.

바리데기는 자신의 친아버지가 중병에 걸렸으며, 불사약을 써야만 낫는다는 말을 듣고는 그 약을 구하기 위해 나섰어. 불사약이 있는 곳까지 가는 건 아주 험하고 힘들었지. 저승을 지나 신선 세계로 들어가야 했거든. 바리데기가 온갖 일을 겪으면서 불사약을 구해 오지만 이미 아버지는 죽어 있었어. 그런데 바리데기가 울면서 불사약을 아버지의 입술에다 적시자 아버지가 살아났다는 이야기야.

사람들은 이야기 속 바리데기의 효심에 감동하면서도 "나도 그런 불사약을 먹으면 얼마나 좋을까?" 하고 생각했지. 그러다 보니 바리데기가 신으로 부활하게 된 거야. 바리데기는 죽음을 관장하는 신이 돼. 억울한 죽음이나 잘못된 죽음을 바로 잡는다고 생각했지. 그래서 수많은 사람들이 바리데기를 믿게 된 거야.

— 옛날이야기 속 주인공이 신으로 부활하다니! 진짜 놀라워요.

─그러게 말이야. 어쨌든 저 어린 아이가 들고 있는 꽃이나 물은 저승을 지나 신선 세계에 가야만 얻을 수 있는 거네.

바리데기는 우리나라에서 많이 모시는 신이란다. 죽은 사람을 살려 내기도 하지만 그건 한계가 있지. 그래서 죽은 사람을 위로해 주는 역할을 하기도 해. 죽음이란 사람에게 태어나는 것만큼 중요한 일이니까!

마마신이여, 부디 편안히 쉬었다 가십시오

이번에 소개할 신은 정말 특이해. 왜냐하면 우리 조상님들 입장에서 보면 거의 '악마'나 다름없거든. 그런데도 그를 신으로 모실 수밖에 없었어.

―이모, 악마를 신으로 모셨다고? 어떻게 그럴 수가 있어?

그럴 수밖에 없다면 어쩔 수 없는 거지. 인류 역사상 가장 많은 사망률을 기록한 전염병이 뭔지 아니? 그건 천연두란다. 이 병에 걸리면 몸에 열이 나면서 피부에 반점이 돋아나고 곧 혼수상태에 빠져서 죽게 된단다. 수많은 전쟁과 각종 전염병으로 죽은 사람을 모두 합친 것보다 더 많다고 하니 얼마나 무서운 병인지 짐작할 수 있지?

—정말요? 전쟁으로 인한 사망자가 더 많은 거 아닌가요? 1·2차 세계대전, 한국전쟁, 베트남전쟁, 아프리카에서 일어나는 종족전쟁, 그밖에도 수많은 전쟁들……. 고구려의 을지문덕 장군은 수나라 병사 수십만 명을 죽였다고 하잖아요. 강감찬 장군도 그렇고요. 그런데 천연두로 죽은 사람이 더 많다고요?

그렇단다. 한때 전 세계 사망 원인의 10퍼센트를 차지하기도 했어. 한마디로 천연두가 유행하면 물고기가 떼죽음을 당하듯이 사람들이 죽어 나갔어.

—이모님, 혹시 천연두가 손님, 마마라고 부르는 병인가요?
—어, 맞는 것 같은데. 왜 손님이나 마마라고 불렀지?

허허허, 내가 생각해도 신기해. 어떻게 그 무시무시한 전염병이자 악마나 다름없는 병을 마마 혹은 손님이라고 불렀을까?

자, 들어 보렴. 만약 식구들 중에 천연두 환자가 있다면 그 사실을 절대 숨겨서는 안 돼. 만약 숨겼다가는 다른 사람에게 전염되어서 마을 전체가 떼죽음을 당할 수도 있거든. 그래서 누군가 천연두에 걸린 것 같으면 무조건 대문 앞에 금줄을 쳐 놓고 '마마님이 오셨다'는 뜻이 담긴 글을 써서 깃발로 걸어 이웃에게 알려야 해. 글을 쓸 줄 모르면 적당히 표시를 해서 알려야 해.

윤씨네 아들이 천연두에 걸렸다고 치자. 그럼 이건 한 집안의 문제가 아니야. 그 마을 전체의 운명을 좌우할 수 있는 문제야. 말 그대로 전염병이거든. 그래서 최대한 빨리 알려야만 다른 사람들이 대비할 수 있을 거 아니니. 요즘 유행하는 신종 코로나 바이러스도 똑같잖아? 증상이 있으면 빨리 검사를 받고, 가족은 물론 이웃에게도 알려야 하잖아.

—아, 예나 지금이나 전염병이 돌면 해야 하는 일이 똑같군요. 근데 안타깝게도 자신의 몸에서 증상이 나타나는데도 그것을 숨기고 돌아다녀서 수많은 사람들에게 전파시키는 경우가 있잖아요. 심지어 대규모 집회에 나가기도 하고.

그러게 말이다. 만약 옛날 같았으면 그런 사람들은 엄중한 처벌을 받게 된단다. 왜냐하면 그 한 사람 때문에 다른 사람들까지 위태롭게 되는 거니까.

—이모님, 요즘은 사회적 거리 두기를 하면서 전염병에 대비하는데 옛날에는 어떻게 했나요?

천연두가 치료 불가능하던 시절에 사람들은 이를 신으로 모셨다. 치명적인 전염병이지만 아귀처럼 표현하지 않고 최대한 예우했다. 가운데 여왕처럼 있는 신이 마마신이다. 무신도 호구아씨.

그때도 사회적 거리 두기를 했어. 전염병에는 그게 최선이거든. 서로 만나지 않으면 전염병은 전파되지 않으니까. 옛날에는 아주 철저하게 거리 두기를 했어. 특정 개인이 전염병에 걸리면 깊은 산에 움막을 지어 놓고 그곳으로 보낸 다음 밖으로 나오지 못하게 했

마을에 천연두가 돌면 사람들은 마마신을 모셨다. 일정한 모양으로 형태를 만들어 며칠간 정성껏 음식을 차려 대접하다가 강물에 띄워 보내거나 불로 태우기도 하고, 높은 나뭇가지에 매달아 두기도 했다. 마마신 퇴치.

어. 그래야 더 이상 전염병을 퍼뜨리지 않으니까. 만약 마을 전체가 전염병에 걸리면 그 마을을 봉쇄해 버렸지. 그땐 누구도 마을 밖으로 나가면 안 되는 거야.

— 그건 지금도 같아요. 여러 나라가 국경을 봉쇄하거나 이동을 금지해서 코로나 바이러스의 전파를 막으려고 하잖아요.

그래, 시대는 변했지만 전염병에 대응하는 방식은 비슷해. 천연두에 걸린 환자가 발생하면 그 마을은 물론이요, 그 근처에 있는 다른 마을까지도 발칵 뒤집혔어.

비어있을 때까지 내리지 않는다. 마마신 보내기.

손이 닿지 않는 곳에 마마신을 매달아 두고 없어질 때까지 내리지 않는다. 마마신 보내기.

적군이 쳐들어왔다면 대책을 세울 수 있겠으나 전염병은 눈에 보이지 않고, 한번 병이 돌면 수만 명의 목숨을 앗아 갔으니 그저 두려울 뿐이었어. 천연두를 악마로 생각하고 여러 신을 만들어서 대항하려고 했지만 소용이 없었지. 그 어떤 신도 천연두를 막아 내지 못했거든. 천연두에 걸린 사람은 부처님부터 산신령, 삼신할미, 수노인까지 온갖 신에게 다 빌어 봐도 소용없어. 결국은 천연두를 이겨 낼 신이 없다는 것을 사람들이 깨달은 거야.

적이 너무 강하다면 어떻게 해야겠니? 우리 역사에 그런 사건이 많잖아. 몽골의 침입을 받아 저항하기도 했고, 청나라의 침입을 받아 저항하기도 했지. 그런데 결국은…….

─더 비참하게 당했죠. 적이 강하다는 것을 알면서도 싸우는 것은 무모한 행동 아닌가요? 적당히 항복하는 척하면서 다른 방법을 찾아야지요.

─순관아, 나도 그렇게 생각해. 얼마 전에 〈남한산성〉이라는 영화를 봤거든. 왕의 잘못된 판단으로 백성이 얼마나 힘들었을까 하는 생

125

각을 했어. 청나라군이 남한산성을 포위하고는 전국을 유린했잖아.

자, 그래서 말이야. 우리 조상들은 천연두가 아주 무서운 악마라는 것을 알면서도 "악마야, 저리 가! 어서 떨어지라고!" 하며 대응하지는 않았어. 너무나 무서운 병이기 때문에 감히 대적할 엄두를 내지 못한 거야.

천연두에 걸린 사람은 열이 나면서 막 헛소리를 한단다. 그걸 본 사람들은 천연두라는 신이 사람 몸에 들어와서 말하는 것이라고 생각했어. 전염병을 하나의 신으로 생각한 것이지. 그렇지 않고서야 온갖 신을 이겨 낼 수 없다고 생각한 거야.

앞에 있는 그림 〈무신도 호구아씨〉를 보면 여자들이 있지? 그중 가운데 서 있는 여자가 마마신이야.

―말도 안 돼요! 전염병을 여왕처럼 모시다니…….
―어떻게 전염병을 여왕으로 모실 수가 있을까? 옷차림도 엄청 화려하네요.

하하하, 일부러 그렇게 그린 거야. 최대한 곱고 예쁘게. 그래야 마마신이 좋아할 거 아니야? 생각해 보렴. 너희가 마마신이라면 자기 얼굴을 악마처럼 그리거나 못생기고 밉게 그리면 좋겠니? 그거랑 똑같은 이치란다. 입고 있는 옷을 보면 대단히 신분이 높은 사람으로 그려졌지. 평민은 저런 옷을 입을 수가 없다는 거 알지?

마마신은 왕비나 쓰고 다닐 법한 화려한 모자를 쓰고 있는데 실제로 왕비만큼이나 예우했단다. 그래서 천연두를 마마라고 부르는 거야. 상감마마, 대비마마, 중전마마 하고 부르듯이 '천연두마마' 하고 부른 것이지. 그러다가 천연두라는 말은 빼고 그냥 마마라고 한 거야.

—전염병을 마마라고 부르다니 이건 정말 인간의 수치네요. 이모님, 전 그렇게 생각해요.

뭐 그렇게 생각할 수도 있지. 수많은 목숨을 앗아간 전염병을 악귀라고 생각하지 않고, 오히려 마마라고 하면서 떠받들었다는 사실은 그 시절이 아니면 이해할 수 없을 거야. 상대가 너무 강하면 감히 대응할 엄두도 내지 못하잖아. 그렇게 생각하면 돼. 사람들은 마마신을 욕하고 함부로 대하면 마마신이 분노하여 더 많은 사람들이 죽는다고 여겼어.

그러니 마마신을 욕하는 것은 금물이었지. 마음이야 그 악귀를 당장 때려눕히고 싶지만 그럴 수가 없잖아. 그러니 꾹 참고 마마신을 정중히 모실 수밖에 없었던 거야.

―이모님, 만약 마마를 물리치는 약이 있었다면 마마신을 악마처럼 묘사했겠죠?

그랬겠지. 안타깝게도 다른 방법이 없었기 때문에 마마신의 심기를 건드리지 않으려고 국왕이나 왕비 등에게 붙이는 마마라는 호칭까지 붙여 준 거야.

―이모, 근데 왜 마마신을 여자라고 생각한 거야? 남자일 수도 있잖아.

오, 예리한 질문! 그건 말이야, 천연두에 걸리면 설령 낫더라도 얼굴에 흉한 곰보 자국이 남는단다. 여자가 이 병에 걸리고 나면 시집을 제대로 갈 수 없었으니 남자보다 여자에게 훨씬 더 치명적인 셈이지. 결국 여자들은 천연두에 걸리면 평생 얼굴을 마음껏 드러내고 살 수가 없었어. 그래서 사람들은 마마신이 여자라고 생각한 거야.

그리고 아무리 천연두를 마마신으로 모신다고 해도 진짜 왕처럼 표현할 수는 없는 거잖아? 왕은 나라에 한 명밖에 없는데, 천연두를 남자 왕처럼 생각할 수가 있겠니? 그것은 왕조국가에서 있을 수 없는 일이지. 아무리 천연두가 무섭다고 해도 말이야.

그 대신 왕비마마나 공주마마 정도로 예우를 해 줄 수 있다고 생각했을 거야. 그래서 왕비나 공주마마로 인격화한 거야. 왕 다음으로 최고의 대접을 해 주려다 보니 왕비를 생각할 수밖에 없었고, 그래서 남자가 아닌 여자 신으로 인격화했을 수도 있어. 물론 이것은 내 생각이란다. 어쨌든 거칠고 무섭게 표현되는 남자 신보다는 훨씬 보기 좋잖아?

—이모님, 제가 천연두라고 해도 왕비 정도의 대우를 받는다면 좋아할 것 같아요. 어차피 왕이 될 수는 없으니까요. 그럼 손님이라는 말은 왜 생겼어요?

아, 그 이야기를 안 했구나! 자, 들어 보렴. 마을에 천연두 환자가 발생했다는 소식이 전해지면 다들 긴장하게 될 거 아니겠니? 어떤 사람은 가족을 산속으로 피신시키기도 하고, 또 어떤 사람은 집 밖에 나가지 않고, 또 어떤 사람은 천연두에 좋다는 약을 먹기도 하겠지. 그리고 마마신을 모셔 오는 굿도 한단다.

—예? 마마신을 모셔 오는 굿을 한다고요?
—이모, 그게 무슨 소리야? 왜 그런 굿을 해?

마마신이 무시무시하다는 것은 다 알잖아? 그건 약으로도 안 돼. 다른 신들을 모셔 놓고 굿을 해도 안 돼. 그럴 바에는 마마신을 아예 모셔 오는 게 낫다고 생각한 거야. 마마신이 화나기 전에 미리 가서 손님처럼 모셔 온 다음 푸짐하게 음식을 차려서 대접하는 거지.

"마마님이시여, 기왕 우리 마을에 오셨으니 저희 집에도 오십시오. 차린 건 없지만 많이 드시고 며칠 푹 쉬었다 가십시오!"

뭐 그렇게 마마신에게 기도를 하는 거야. 그러면 마마신이 집에 와서 차려 준 음식을 먹고 며칠 푹 쉰 다음 조용히 가신다고 생각했지. 마마신 입장에서 보면 "나를 이렇게 잘 모시다니 감동받았다. 이 집 식구들은 모두 건강하게 해 주마" 그러면서 다른 집으로 갈 거 아니야?

그걸 손님굿 혹은 호구거리굿이라고 했어. 만약 아이가 병에 걸리면 깨끗한 소반에 정화수 한 사발을 놓고 매일 밥과 떡을 바치면서 정성껏 기도했지.

"마마님이시여, 제발 우리 아이를 불쌍히 여기시고 잘 보살펴 주십시오!"

그리하여 아이가 낫게 되면 종이로 만든 깃발, 싸리나무로 만든 말 모양의 바구니에다 마마신에게 보낼 물건을 담아서 보냈어. 보통 나무 위에다 걸어 두기도 하고 강물에 띄워 보내기도 했지.

─이모, 그러니까 마마신이 화나기 전에 알아서 대접하는 거구나! 어차피 전염병이 돌면 산속으로 가든 다른 마을을 가든 다 걸리잖아? 도망쳐 봤자 소용없을 것이고. 그럴 바에는 내키지 않지만 그 악마를 손님으로 모셔 놓고 극진하게 대접해서 보내 주는 거구나! 진짜 왕비처럼 마마라고 부르면서 굽신거리는 거고.

─채영아, 혹시 코로나도 그렇게 하면 조금 누그러들려나? 코로나가 천연두만큼 사망률이 높지는 않지만 전파력은 엄청나잖아. 아, 백신이 나와서 정상적인 생활이 가능할까? 이모님, 가능할까요?

그러기를 바라야지. 아무튼 코로나도 천연두만큼 무서운 전염병임에는 틀림없어. 이번 기회에 우리 인간들이 좀 더 겸손해지고, 자연을 대하는 자세가 달라지기를 바랄 뿐이야. 어쨌든 그 바이러스도 인간과 자연이 대면하면서 발생한 것이거든. 인간이 함부로 자연을 착취하다가 생겨난 것이지 않을까.

─그래도 지금은 과학을 믿기 때문에 머지않아 바이러스가 정복될 거라고 생각하잖아요. 어쩌면 그게 잘못인 것 같아요. 옛날에는 천연두를 왕비처럼 모셨다고 하니까 새삼 코로나를 대하는 우리의 모습을 돌아보게 돼요. 우린 그 바이러스 탓만 하지 왜 그런 병이 생겨났는지에 대해서는 생각하지 않잖아요.

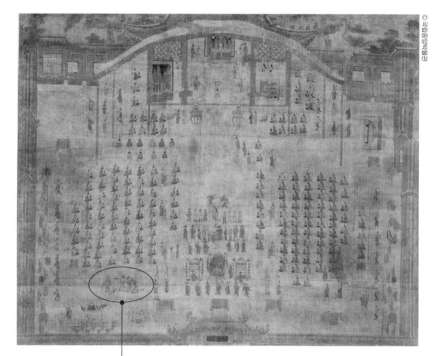

천연두는 지위 고하를 가리지 않고 찾아왔다. 왕실에 천연
두가 찾아오면 국가적인 비상사태였다. 왕세자가 병에 걸
렸다가 완쾌하면 왕은 널리 그 사실을 알리며 과거 시험을
열고 큰 잔치를 벌였다. 숭정전연회.

숭정전연회 그림 왼쪽 하단에 있는 다섯 명의 광대들. 이
들은 천연두가 찾아오고 물러가기까지 과정을 연극으로
보여 주면서 다시 병이 오지 않기를 기원한다. 붉은 옷을
입은 광대가 처용 역할을 한다. 광대들.

참 안타까운 현실이야. 어쨌든 천연두는 왕도 피해갈 수 없는 병이었어. 그러니 일반 백성들은 오죽했겠니? 조선시대 여러 왕들도 마마에 걸려 고생을 했단다. 〈숭정전연회〉라는 그림이 있지? 마마에 걸려 죽을 고비를 넘긴 숙종의 완쾌를 축하하는 잔치가 벌어지는 풍경을 볼 수 있어. 경희궁 숭정전에서 벌어지고 있는 그 잔치마당으로 들어가 보면 울긋불긋한 옷을 입은 다섯 명의 광대들이 춤을 추고 있지?

이 광대놀이를 처용무라고 하는데, 동해 용왕의 아들로 태어난 처용이 노래를 부르고 춤을 추어 마마에 걸린 아내를 구해 낸다는 이야기야. 그러니까 마마에 걸린 왕을 신통력이 있는 처용이 구해 냈다는 뜻이지. 그러니 "나쁜 마마 귀신아, 더 이상 이곳에 오지 마라. 다시 나타나면 용왕의 아들인 처용이 결코 용서하지 않을 것이다" 하고 마마신에게 강력하게 경고하는 거란다.

― 이모님, 처용은 마마신을 이겨 낼 수 있나요? 그랬다가 마마신이 더 화나면 어떡해요?

허허허, 그건 나도 잘 모르겠다만……. 마마에 걸린 왕이 비록 병은 나았지만 또 같은 병에 걸릴까 봐 두려워하니까, 신하들이 그 왕실을 위로해 주고 안심시키기 위해서 그런 놀이가 준비된 거야. 실제로도 천연두에 걸렸다가 나으면 다시는 걸리지 않거든.

　—아무튼 천연두 같은 전염병을 신으로 모셨다니, 신들의 세계에서는 불만이 많았겠어.

　—순관아, 백신이 나오지 않으면 코로나도 아마 신으로 모시는 나라가 생기지 않을까? 이모 이야기를 듣다 보니 그럴 수 있다는 생각이 들어.

　—글쎄, 그럴 수도 있을 것 같고…….

민중들의 희망이었던
미륵

---✦---

가난하고 힘들게 살았던 우리 조상들에게 가장 인기가 있었던 신은 누구일까? 물론 시대나 장소에 따라서 약간씩 다르겠지만 미륵이라고 할 수 있어. 이번에는 그 미륵에 대한 이야기를 하려고 해.

옛날 옛날에 부처님이 이렇게 말씀하셨대. "내가 죽고 56억 년이 흐르면 또 다른 부처가 나타나서 살기 좋은 세상을 만들어 줄 것입니다. 그 부처는 미륵입니다." 그러니까 부처님이 없더라도 상심하지 말고 잘 살아가라는 뜻이었어. 사람들은 그 말을 믿고 미륵을 기다리기 시작한 거야.

— 와아, 근데 56억 년이라면 대체 얼마나 긴 시간을 말하는 거예요?

미륵신은 다양한 모습으로 조상들의 삶을 파고들었다. 경주남산 삼화령 미륵삼촌 중 협시보살, 엽서.

허허, 그러게 말이다. 56억 년이라는 말은 정확한 시간을 뜻하는 것은 아니야. 아마 먼 미래라는 뜻이겠지. 미륵이란 미래에 나타나는 보살이라는 뜻으로 친구라는 의미도 들어 있어.

—이모, 미륵이 친구라는 뜻도 있다고?

그래. 현실이 힘들고 고달파도 열심히 살다 보면 언젠가는 친구 같은 미륵이 나타나서 행복한 세상을 만들어 준다는 뜻이야.

—근데 미래라는 것은 추상적인 말이잖아?
—저도 그렇게 생각해요. 힘들어도 미래를 위해서 참으라는 말인데, 대체 그 미래가 10년 뒤인지, 20년 뒤인지 알 수 없잖아요?

너희 말이 맞아. 그래서 미륵이 이 세상에 나타났는지 안 나타났는지는 아무도 몰라. 다만 옛날 사람들은 살아가는 것이 힘들 때마다 미륵을 애타게 기다렸을 뿐이야.

사람들은 바위 같은 곳에다 미륵을 새겨 놓고 그 앞에서 간절하게 기도했지. 미륵은 세상을 한순간에 바꿀 수 있는 절대적인 힘을 가진 신이거든. 왕이 백성을 괴롭히면 미륵이 나타나서 그를 몰아내고, 모두가 행복한 새로운 세상을 만들어 준다고 믿었어.

사람들은 미륵이 만든 세상이 극락과 비슷하다고 상상했어. 먹고 살 걱정도 없고 양반이나 상놈도 없으며 전쟁이나 전염병도 없는 세상이라니 얼마나 좋겠니? 게다가 사람의 수명이 8만 년 이상이나 된다고 하니 그야말로 신선처럼 영원히 사는 거지.

─으악! 3000살도 아니고 8만 살이라고요?

─그렇게 긴 시간을 어떻게 살아? 생각만 해도 지겹다. 그렇게 오래 사는 것이 행복할까?

하하하, 내가 생각해도 끔찍하구나! 그래도 오래 사는 것을 싫어할 사람이 있겠니? 그런 세상을 우리 조상들은 무릉도원이라고 부르기도 했지. 가난하고 힘들게 사는 사람일수록 미륵을 기다릴 수밖에 없었어. 반대로 왕이나 권력을 가진 입장에서 보면 미륵은 별로 달갑지 않은 존재였지. 미륵은 약하고 가난한 사람들 편이기 때문이야. 백성들은 살기 힘들어지면 "이제 곧 미륵이 나타나고 새로운 세상이 열릴 거야" 하며 미륵을 기다렸어. 왕을 비롯하여 각 지방 고을의 관리는 미륵에 대한 소문을 퍼트리는 사람들을 잡아서 감옥에 넣었어. 그만큼 미륵을 두려워했던 거야.

후삼국의 궁예는 미륵을 기다리는 사람들의 마음을 이용하기도 했어. 궁예는 미륵 행세를 하면서 짧은 시간 내에 수많은 추종자를 모으는 데 성공했지. 우리 역사에는 궁예뿐만 아니라 여러 사람이 자신을 미륵이라고 칭했다는 기록이 있어. 어차피 미륵이야 언제 나타날지도 모르는 불확실한 존재이기 때문에 자신이 미륵이라고 행세하면서 나설 수가 있었던 거야. 그럴듯한 구실을 잘 붙이기만 하면 파급력이 엄청나게 컸지.

요즘도 자신을 미륵이라고 행세하고 다니는 사람들이 종종 나타나서 뉴스거리가 되기도 하잖아. 이런 걸 진짜 미륵이 알면 뭐라고 하실까?

—사실인지 모르겠지만 몇 년 전 국정농단 사태 때 관계자가 자신을 미륵이라고 칭하며 다녔다는 소문도 있더라고요.

—맞아, 나도 그런 뉴스 본 거 기억나.

—저는 그런 뉴스를 볼 때마다 이해가 되지 않아요. 호랑이 담배 피던 시절도 아닌데 그런 말이 통한다는 것을 믿을 수가 없어요.

그렇게 자신이 미륵이라고 칭한 사람은 수천 수만 명도 넘을 거야. 아주 오랜 옛날부터 말이야. 미륵이 언제 나타날지 모른다는 것을 이용해서 그러는 것이지. 아무튼 사람들이 얼마나 미륵을 기다렸는지 아니? 전국에 있는 수많은 산봉우리를 비롯하여 마을과 땅에는 미륵에 대한 전설이 많이 남아 있어. 미륵봉, 미륵골 같은 이름도 어딜 가나 볼 수 있고. 그만큼 사람들이 간절하게 미륵을

금강산에서 가장 큰 석불인 묘길상 마애불. 미륵불은 깊은 산, 동네 뒷산을 가리지 않고 전국 어디에서나 발견되었다. 내금강 마애불 묘길상, 엽서.

기다리면서 살아왔다는 뜻이야. 미륵이야말로 수천 년 전부터 가난한 사람들의 희망이었으니까.

―이모님, 이건 정확한 것은 아닌데요. 제가 어디선가 미륵이 가장 한국적인 신이라고 하는 말을 들은 것 같아요. 아마 무슨 방송에서 그랬던 것 같아요.

그렇게 주장하는 학자도 더러 있단다. 미륵은 산신령이나 삼신할

미만큼이나 많은 사람들이 편안하게 받아들인 신이야. 친근하게 그려진 미륵의 모습을 보면 알 수 있어. 그 어떤 카리스마도 없고 위엄도 없어. 이웃집 아저씨나 할머니처럼 친근하게 웃고 있을 뿐이야. 신으로서 가질 수 있는 모든 권위를 다 내려놓은 거지. 그래서 더욱 사람들의 가슴 속으로 깊숙이 파고들 수가 있었어.

만약 미륵을 믿고 싶으면 마을 뒷산에 가서 바위에다 자기가 생각하는 미륵의 모습을 그리거나 파면 돼. 그 모습이 바로 미륵이야. 미남으로 그려도 되고 아니어도 되고, 가난한 이들을 보면 그냥 지나치지 못하고 자기 호주머니를 털어 주고야 마는 할머니 같은 얼굴도 있고, 포악한 관리가 와서 강제로 세금을 빼앗아 가는 것을 보면 참지 못하고 혼내 주는 의적 같은 모습도 있어. 비록 미륵은 사람들 앞에 나타나지 않았지만 보이지 않는 곳에서 우리 조상의 힘들고 아픈 마음을 잘 어루만져 주면서 살아온 거야.

자주 아픈 사람들은 미륵 앞에 가서 "제발 아프지 않게 해 주세요" 하고 빌었고, 아기가 없는 사람은 미륵의 코를 만지면서 "귀한 아기 하나 갖게 해 주십시오" 하고 빌었고, 포악한 왕이 나타나면 "미륵님, 어서 오시어 저 나쁜 왕을 혼내 주십시오" 하고 빌었어.

미륵은 삼신할미나 산신령과 비슷하게 그려지기도 했어. 미륵이 하는 일과 산신령, 삼신할미가 하는 일이 비슷한 경우도 많거든. 혹은 정치를 잘한 군수나 가난하고 병든 사람들을 위해서 살아간 사

미륵은 가장 민중을 닮은 신으로서 시대마다 큰 영향력을 발휘했으며, 집 안에 미
륵불을 모시는 사람들도 있었다. 미륵.

람들이 죽어서 미륵이 되었다는 이야기도 많았지.

미륵이 새겨진 바위 앞에서는 돈 한 푼 내지 않아도, 제물 하나 바치지 않아도 됐지. 대신 따뜻한 마음으로 가난하고 힘든 사람들과 함께하고, 나쁜 짓을 하지 않는다면 누구나 받아들이는 그런 신이었어. 그래서 우리 조상들이 미륵을 좋아했던 거야.

─이모님, 제가 옛날에 태어났다면 저도 좋아했을 것 같아요.
─이모, 나도!

4장

나쁜 귀신들을 막아 주는 신

무덤을 지켜 주는 강력한 힘을 가진
신들을 특별 채용했는데
이를 사신이라고 불렀지.

무덤의 동서남북을
지키는 신들

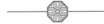

우리 조상들은 무덤을 죽은 사람의 집이라고 생각했어. 그래서 무덤을 만들 때 해와 달이 잘 드는 곳에다 자리를 잡았고, 무덤 속으로 나쁜 귀신이 들어오지 못하도록 신경 썼지. 나쁜 귀신이 들어와서 죽은 사람을 해코지하면 후손들이 불행해질 수 있으니까.

고구려의 벽화 고분 강서대묘에 그려진 사신도를 보면 동서남북으로 귀신 잡는 보초를 세워 놓았어. 참, 사신도는 다 알지?

―예, 학교에서도 배웠는데 기억이…….

―이모, 사실 자세한 것은 몰라. 청룡, 백호, 주작, 현무가 동서남북으로 그려져 있다는 것만 알지 뭐.

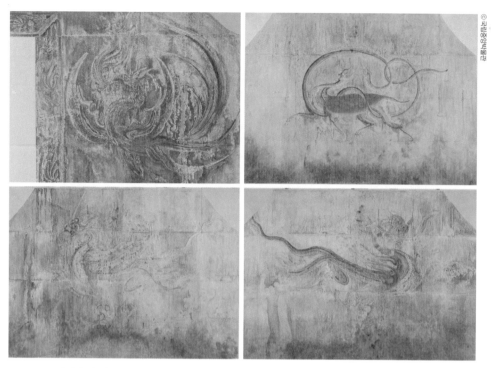

무덤 속에 새겨진 신들. 주로 상상의 동물이 그려져 있는데 인간과 동물의 몸이 섞인 형태로 나타난다. 그만큼 옛날 사람들이 자연을 숭배했다는 뜻이기도 하다. 강서대묘 사신 모사도.

　그 당시 사람들은 무덤을 지켜 줄 강력한 힘을 가진 신을 특별히 채용했어. 귀신을 상대해야 하기 때문에 어지간한 신은 당해 낼 수가 없거든. 그래서 사신도에 나오는 신들은 무덤을 방어하는 최정예 특수부대인 셈이야. 너희는 사신도에 나오는 신들 중 누가 가장 셀 것 같니?

―전 백호요! 아무래도 호랑이니까요.

―난 청룡. 좌청룡 우백호라는 말도 있잖아. 둘 중에 용이 더 셀 것 같아.

사신도에 나오는 백호는 우리가 아는 희귀종인 하얀 호랑이가 아니야. 얼굴은 호랑이처럼 생겼는데 몸통은 용이야. 실제 백호보다 훨씬 강한 신이지. 그 당시만 해도 호랑이는 사람들이 가장 두려워하는 동물이었어. 그중에서 하얀 호랑이는 신비롭게 생각했지. 신선이나 신신령이 타고 다니는 동물이라고 여기며 하얀 호랑이를 신으로 모시는 경우도 있었어. 그래서 신이 되어 무덤의 서쪽을 지키게 된 거야.

해가 뜨는 동쪽을 방어하는 일은 청룡이 맡았어. 다들 아는 것처럼 용은 비바람을 일으켜 비를 내리게 하기도 해. 그중에서도 청룡은 더 신비롭고 강력한 힘을 가지고 있어. 그러니 그 어떤 귀신이라도 청룡이 있는 동쪽으로는 감히 침입할 생각을 하지 못할 거야.

그래서 귀신들은 대부분 무덤의 북쪽을 공략했단다. 북쪽에는 현무라고 하는 이상한 신이 방어하고 있지.

―이모님, 제가 무기에 관심이 많거든요. 우리나라 미사일 중에 현무라는 게 있어요. 저 사신도에 나오는 현무를 생각하며 지은 이

름이겠죠? 그렇다면 현무도 제법 강하다는 뜻 아닌가요?

아, 그런 무기가 있는 줄 몰랐구나. 얼핏 보기에는 현무가 연약하게 보일지도 몰라. 거북과 뱀의 모습이 보이잖아? 둘이 서로 연결되어 있는 것처럼 보이지만 실은 따로 떨어져 있는 별개의 생명체야. 그래서 거북과 뱀을 각각 하나의 신으로 보면 사신도가 아니라 오신도가 되는 셈이야. 청룡이나 백호는 워낙 힘이 강한 동물이기 때문에 한 마리만 있어도 어지간한 귀신을 다 물리칠 수 있지만 거북은 그럴 수가 없어서 다른 동물과 힘을 합친 거야.

—근데 왜 하필이면 뱀이랑 짝을 지었을까요?

원래 북쪽을 방어하는 신은 물에 사는 거북이었어. 물은 북쪽을 의미하거든. 근데 거북이 다른 신에 비해서 약하기 때문에 혼자는 안 된다는 것을 알았고, 암수가 짝을 지어 지키면 훨씬 더 강해진다고 생각했지.

—설마 뱀이랑 거북을 같은 종으로 생각한 것은 아니겠지?

채영아, 그렇단다. 그 시대 사람들은 거북과 뱀을 같은 종이라고

생각했어. 두 종은 머리가 비슷하게 생겼잖아? 그래서 거북이 암컷,
뱀은 수컷이라고 생각한 거야.

—헐! 아무리 그래도 생김새가 너무 다른데?

—암수가 전혀 다르게 생긴 동물도 있잖아. 그래서 그렇게 생각
할 수도 있겠지. 난 가능하다고 봐. 저 그림에 그려진 두 동물의 얼
굴을 보면 진짜 똑같잖아. 암컷은 임신을 하니까 몸통이 크고 수컷
은 그럴 필요가 없으니까 몸통이 가늘다고 생각한 게 아닐까?

얘들아! 물론 내 말이 절대적인 것은 아니야. 그렇지 않았을까 하
고 내가 생각한 거야. 그러니 너희도 마음대로 상상해 봐. 아마 이렇
게 생각했을 수도 있지. 거북은 수컷이 없다고 여긴 거야. 그래서 다
른 종인 뱀을 끌어다가 짝짓기를 시킨 거지. 옛날 사람들은 종이 달
라도 짝짓기를 할 수 있다고 생각했어. 옛이야기를 들어 보면 사람
이 곰은 물론이요, 호랑이랑 소랑 말이랑 같이 살기도 하잖아.

아무튼 딱딱한 등을 가진 거북이랑 날카로운 이를 가진 뱀이 만
났으니 천하무적이 된 셈이지. 그렇게 뱀을 뜻하는 현(玄)과 용감하
다는 뜻이 담긴 무(武)가 더해지면서 현무라는 신이 탄생한 거야.
뱀과 거북이 동시에 불을 뿜어내면 그 어떤 귀신도 함부로 다가올
수 없어.

거북과 뱀이 짝짓기를 해서 신이 탄생한 것은 죽은 사람이 다시 환생할 수 있다는 믿음이 있었기 때문이야. 무덤을 지키는 현무가 나쁜 귀신을 물리치고 새로운 생명을 잉태하면 무덤 속에 있는 죽은 사람도 살아날 수 있다고 믿었지. 또 후손들이 병에 잘 걸리지 않고 오래오래 살 수 있다고 생각했어. 거북은 단단한 갑옷으로 무장하고 있으니 창과 칼로 찔러도 죽지 않잖아.

— 그럼 남쪽을 지키는 주작이 조금 약한가요? 얼핏 보기에는 새라서 좀 약해 보이기는 해요.
— 아니야, 주작은 입으로 불을 뿜어내잖아. 주작도 강할 것 같아.
— 채영아, 신이라면 입으로 불을 뿜어내는 것은 기본이겠지. 그렇죠, 이모님?

하하! 불을 뿜어낸다고 해서 강하고, 불을 뿜어내지 않는다고 해서 약하다고 할 수는 없지만 주작이 강력한 불을 뿜어내는 건 맞단다. 물론 내가 본 건 아니고 그림에 그렇게 묘사되어 있어. 주작이 그려진 그림은 제법 많은데, 긴 날개로 비바람을 일으키면서 불을 뿜어내는 모습을 볼 수 있지.

주작은 닭과 비슷한 동물이지만 훨씬 커. 주작이란 '붉은 새'라는 뜻인데, 몸이 온통 붉은색이고 입에는 붉은 구슬을 물고 있어. 보통 구슬을 물고 있는 것은 용인데 새가 물고 있는 것이 특이하지? 주작도 현무처럼 암수가 힘을 합쳐야만 백호나 청룡만큼 힘을 낼 수가 있어. 주작은 닭이랑 비슷하기 때문에 어둠을 물리치는 특별한 힘을 가지고 있지. 무덤 속은 해가 들어오지 않아 늘 어둠에 잠겨 있는데, 주작이 있기 때문에 다른 신들이 안심하는 거야. 나쁜 귀신들이 들어오면 주작이 두 날개를 펄럭이면서 소리치지. 그러면 아무리 강한 귀신이라고 해도 달아날 수밖에 없어.

얼핏 보기에는 그냥 새 같지만 자세히 보면 아랫배가 용 비늘로 덮여 있어. 그래서 창이나 화살을 맞아도 죽지 않는단다. 주작이 날갯짓을 하면 집채만 한 바위가 날아가고 천둥 치는 소리가 났지. 그러니 어떤 귀신이 덤빌 수 있겠니?

자, 이렇게 무덤 속에 동서남북으로 신을 모셔 놓으면 그 후손들은 마음이 든든할 거야.

절의 동서남북을 지키는 신들

—이모님, 무덤 속에 동서남북으로 특수부대 같은 신을 배치해서 지키려고 했다면, 사람이 사는 집도 그렇게 해야 하지 않나요?

그건 당연하지. 그래서 옛날 집에는 신들이 많았어. 울타리나 돌담 근처에는 비록 신은 아니지만 구렁이가 살면서 나쁜 기운을 지켜 준다고 생각했단다. 그 구렁이는 업구렁이라고 해서 잡지 않았어. 만약 업구렁이를 잡으면 그 집에 재앙이 온다고 생각했지. 요즘이야 뱀이 보이면 119 구급대를 부르겠지만 옛날에는 그렇지 않았어. 집으로 들어온 살아 있는 생명은 절대 죽이지 않았어.

또 대문에는 호랑이 부적 같은 것을 붙여 놓았어. 부적에 그려진 호랑이는 신이나 마찬가지야. 그 호랑이신이 집으로 들어오는 나쁜 귀신을 쫓아내지. 집 안으로 들어가면 헛간, 뒷간을 비롯하여 토방, 부엌, 뒤란, 외양간, 대청마루, 방 등 거의 모든 곳에 사람을 지켜 주는 신이 있다고 생각했단다. 우리 조상들은 수많은 신과 함께 살아온 거야. 신을 부정하며 살 수는 없었어.

고구려의 무덤처럼 동서남북으로 신을 배치하는 것은 부처님을 모시는 절에서도 볼 수 있어.

—이모, 절에서도 무덤 속에 있는 신들을 볼 수 있다고?

—어어, 저는 부모님을 따라서 유명한 절에 많이 가 봤는데 그런 걸 본 적이 없는데요. 혹시 사천왕을 말씀하시는 건가요?

그래, 사천왕이나 사신은 비슷한 의미가 담긴 말이란다. 사신은 '네 방향을 지키는 신'이라는 뜻이고, 사천왕은 '네 방향을 지키는 왕'이라는 뜻이야. 원래 사천왕에 나오는 신들을 '천왕'이라고 불렀는데 동서남북 네 방향을 지킨다고 하여 사천왕이라고 부르는 거야.

—아, 그렇군요! 그런데 절에 가면 동서남북으로 사천왕이 서 있는 게 아니잖아요?

—이모, 나도 그래서 헷갈렸어. 그냥 절 문 양쪽에 나란히 서 있잖아?

그건 그래. 원래는 동서남북으로 서 있어야 하지만 지금은 상징적으로 절 문 양쪽에 두 명씩 나란히 배치해 놓았어. 아무튼 이 사천왕도 무덤 속에 있는 사신과 비슷한 역할을 해.

―이모, 그럼 사신의 영향을 받아서 사천왕이 생겨난 거야?

그건 모르지. 그럴 수도 있고 아닐 수도 있고. 자, 이제 사천왕을 살펴볼까?

절에 들어가면 사천왕 가운데 동쪽을 방어하는 천왕을 가장 먼저 만날 수 있다. 순천 송광사 소조사천왕상 동방지국천왕.

―절에서 봤을 때도 생각했지만 사천왕은 엄청 무섭게 생겼어요.
―이모, 나쁜 귀신을 쫓아내기 위해서 일부러 무섭게 그린 거지? 눈은 부리부리하고, 손에 들고 있는 창 좀 봐. 악귀를 발로 밟고 있기도 하네.
―어, 그러네! 사신은 상상의 동물인데 사천왕은 우락부락한 사람이네요.

아주 오래 전에는 동물이 사람

보다 강했어. 그래서 사람들은 당연히 자신보다 강한 동물을 신으로 모실 수밖에 없었지. 가령 무시무시한 호랑이가 있다고 하면 더 과장하고 상상을 해서 실제 존재하는 호랑이보다 더 강한 호랑이 신을 만들어 냈는데, 그게 바로 사신도에 나오는 백호라고 할 수 있어. 그런 식으로 동물신은 점점 더 강한 모습으로 그려졌지.

그런데 사람들의 힘이 점점 강해지면서 동물신은 상대적으로 약해질 수밖에 없었고, 대신 싸움을 잘하는 장수 같은 사람이 신으로 등장한 거야. 사천왕에 나오는 신들은 저마다 아주 힘이 센 사람이 신이 된 경우야. 비록 백호나 청룡 처럼 입으로 불을 뿜지는 않지만 악귀를 발로 밟고 있는 모습에서도 알 수 있듯이 그 어떤 동물신보다 더 강하게 그려졌어.

자, 동쪽을 지키는 지국천왕부터 볼까? 지국천왕이 칼을 빼 들고 있고 악귀가 부들부들 떨고 있잖아. 이런 장면을 사실적으로 표현하니까 훨씬 더 강해 보이지 않아? 사신도에서 동쪽을 방어하는 청룡은 무시무시한 불을 뿜고 있지만, 지국천

남쪽을 방어하는 천왕으로 여의주와 용을 이용해서 악귀를 물리친다고 알려졌다. 순천 송광사 소조사 천왕상 남방증장천왕.

왕처럼 악귀를 제압하는 장면은 없지. 이런 장면을 구체적으로 표현함으로써 훨씬 강해 보이고, 보는 사람을 안심시키는 것이지.

— 남쪽을 지키는 천왕을 보면 오른손으로 용을 움켜쥐고 왼손에는 여의주를 들고 있네요. 저 천왕은 용을 부리는 건가요?

그렇단다. 남쪽을 지키는 증장천왕은 용을 부하로 부려.

— 전 용왕만 용을 부리는 줄 알았어요.

깃발을 들고 서쪽을 방어하는 천왕. 순천 송광사 소조사천왕상 서방광목천왕.

용을 부리는 신은 용왕만이 아니야. 하늘에 사는 신들은 기본적으로 용을 부릴 수가 있어. 용을 부리기 위해서는 저 여의주가 있어야 해. 그래서 증장천왕이 여의주를 들고 있는 거란다.

— 서쪽을 지키는 천왕은 나쁜 귀신을 밟고 호통을 치고 있네요! 그런데 무슨 깃발을 들고 있어요.

서쪽을 지키는 강목천왕의 모습이 다 이렇지는 않아. 어떤 곳에서는 탑을 들고 있기도 해. 불교에서 탑이란 강력한 불심을 의미하거든. 그러니까 그 어떤 악귀도 근접할 수 없지. 탑돌이를 하는 것도 그런 의미야. 탑을 돌면서 병을 낫게 해 달라고 빌거나 아기를 점지해 달라고 하거나 과거에 급제하게 해 달라고 빌었어.

―그래서 옛날 집을 보면 가끔씩 정원에 탑이 있는 것이구나!
―이모님, 북쪽을 지키는 천왕은 악기를 들고 있네요?

그건 비파라는 악기야. 비파는 악기 중에서 특이하게도 두 가지 음을 동시에 낼 수가 있지. 그래서 그런지 몰라도 신들이 좋아했어. 다문천왕은 다른 신과 달리 악기를 무기로 이용하고 있는 셈이야.

―그럼, 저 악기가 연주되면 근처에 있는 악귀들이 "아악!" 하고 비명을 지르면서 귀를 막고 달아나는 거야?

북쪽을 방어하는 이 천왕은 특이하게도 비파를 들고 있다. 순천 송광사 소조사천왕상 북방다문천왕.

—와아, 진짜 그런 무기가 있다면 대박이겠어요! 미국이 개발 중인 레이저 무기보다 더 위협적이겠는데요. 만약 소리로 적을 무찌른다면 조준할 필요도 없고, 한꺼번에 많은 사람을 죽일 수도 있겠어요.

—야, 그런 무기가 나오면 대재앙이 오겠다! 끔찍해.

다행히도 다문천왕이 쓰는 비파는 함부로 생명을 죽이지 않아. 악귀들을 쫓아낼 뿐이야. 다른 신들은 강력한 무기로 힘을 과시하지만 다문천왕은 부드러운 음악으로 악귀를 물리친다는 점이 재밌지?

아까도 말했지만 천왕들의 공통점은 눈이 부리부리하면서 불거져 나와 있고 잔뜩 치켜 올린 검은 눈썹에 입을 크게 벌리고 상대방을 겁주고 있어. 발밑에 깔린 악귀들은 "다시는 나쁜 짓하지 않을 테니 한 번만 봐 주십시오!" 하고 고통스럽게 소리 치고 있는 것 같지. 부처님이 계시는 절에 나쁜 귀신들이 함부로 오지 못하도록 힘이 센 신들을 모집하여 동서남북으로 배치한 거야.

사방 그리고 중앙까지
지키는 오방신

사람이 사는 집에서 귀신을 물리칠 때 강한 신에게만 의지했던 것은 아니야. 우리 조상들이 가장 많은 도움을 받았던 것이 바로 '개'란다. 엄밀하게 말하면 살아 있는 개가 아니라 개신이지.

예로부터 개는 밤눈이 밝아서 사람 눈에 보이지 않는 귀신을 잘 알아본다고 생각했어.

자, 여기 있는 그림에 나오는 삽살개는 귀신 쫓는 개로 유명했어. 삽살개는 털이 많아서 눈이 잘 보이지 않지만 속눈썹이 길게 뻗쳐 나와

옛날에는 밤눈이 밝은 개도 귀신을 쫓는다고 생각했다. 특히 삽살개는 털이 많아 눈을 가리지만 예민한 감각으로 귀신을 알아본다고 생각했다. 견도. ⓒ국립중앙박물관

얼굴이 세 개인 삼재부적(왼쪽)과 사천왕처럼 생긴 신이 칼을 휘두르는 부적(오른쪽).

머리털을 받쳐 주지. 삽살개는 털 때문에 눈이 자외선에 노출되지 않아서 다른 개들보다 밤눈이 훨씬 더 좋은 편이야. 그런 삽살개 그림을 집에다 붙여 놓으면 그 어떤 귀신도 함부로 들어올 수가 없어.

사람들은 실제로 존재하는 개보다 더 강력한 개신을 원했단다. 그래서 만들어진 상상의 동물이 세 발 달린 개란다. 발이 세 개라서 '삼족구'라고 하는데, 이 삼족구 그림을 부적으로 만들어서 대문이나 마루 기둥에 붙여 놓으면 마음이 든든했지. 삼족구는 실제 개와는 비교할 수 없을 정도로 빠를 뿐만 아니라 악귀를 전문적으로 잡아내는 역할을 했거든. 그래서 먼 길을 떠나는 사람들, 이를 테면 과거를 보러 가는 사람들 옷 속에 삼족구 부적 하나쯤은 꼭 들어 있었어. 삼족구 부적뿐만 아니라 백호 부적도 많이 이용했지.

부적은 화가들이 직접 그리기도 하고 목판을 파서 여러 장 찍어 내기도 했어. 머리가 세 개인 매 부적은 세 가지 나쁜 운수를 물리쳐 주지. 우리 조상들은 세 가지 나쁜 운수를 '삼재'라고 하여 가장 경계했단다.

삼재는 무기나 연장으로 입는 재난, 전염병에 걸리는 재난, 굶주리는 재난을 말하기도 하고, 불 때문에 생기는 재난, 물 때문에 생기는 재난, 바람 때문에 생기는 재난이라고도 하는데, 9년을 주기로 돌아온다고 알려져 있어. 그런 재난을 막아 주는 신이 바로 머리가 셋 달린 매야. 머리가 셋 달린 매 부적은 요즘도 많은 사람들이 믿고 의지하는 부적이야.

—이모, 그게 진짜야?

그렇단다. 지금도 새해가 되면 많은 사람들이 신년 운수를 점치는데 이때 가장 두려워하는 것이 삼재란다. 시대가 바뀌었는데도 여전하지. 아직도 많은 사람들이 삼재가 든 해에는 결혼도 하지 않아. 그러니 옛날에는 어땠겠니? 식구들 중에 삼재가 든 사람이 있으면 이를 막아 낼 수 있는 수많은 신을 모셔 오는 거야. 그래야 마음

편하게 한 해를 날 수 있었어. 이렇게 우리 조상들이 믿어 온 신은 다양했어.

자, 여기서 다시 사신과 사천왕 그림을 살펴볼까?

고구려 고분에 있는 사신은 동서남북으로 배치되어 있잖아? 무덤을 네 구역으로 나누어서 방어한 것인데, 나름 완벽해 보이지. 너희가 악귀라면 어떨까? "와아, 사신 때문에 들어갈 수가 없네. 그냥 포기하자" 이렇게 생각할까?

─이모, 내가 만약 악귀라면 포기하고 돌아설 것 같아. 순관아, 넌 어때?

─난 말이야, 내가 악귀라면 동서남북은 철통 방어를 하고 있으니 하늘로, 그러니까 공중으로 침투할 것 같아. 그쪽은 아무도 없잖아.

─와, 그렇게 생각할 수도 있겠네!

맞아, 아주 중요한 발상이란다. 우리 조상들도 그랬어. 시대가 변하면서 사람들은 사신이나 사천왕으로는 귀신을 완벽하게 막아 낼 수 없다고 생각했지. 왜냐하면 이들은 동서남북 네 방향으로 오는 귀신을 막을 수는 있지만 텅 빈 중앙으로 침입하는 귀신을 방어하는 신이 없었으니까. 그래서 정중앙까지 지키는 새로운 신들을 채

오방신은 동서남북에 중앙이 더해져, 공중으로 침투하는 귀신을 막아 내기 위해 탄생한 신들이다. 무신도 오방신장.

다섯 가지 색을 넣어 만든 주머니. 오방색으로 만든 물건을 가지고 다니면 온갖 악귀를 막아 주어 운수가 대통하고 건강하게 오래 산다고 생각했다. 수장생문 오방낭.

용했지. 그렇게 해서 사신이 아니라 오신이 되었고 오방신이라고 부르게 되었어. 다섯 방향에서 오는 귀신을 막아 낸다는 뜻이야.

이 〈무신도〉가 바로 그 신들을 나타내는 그림이지. 갑옷으로 무장한 신들이 저마다 무기를 하나씩 들고 있는데 누구 하나 만만한 이가 없지? 눈이 주먹만 한 신, 눈이 길고 가는 신, 무섭게 입술을 앙 다물고 있는 신, 화살이나 철퇴를 든 신까지 다양해.

—이모님, 그럼 다섯 명보다 여섯 명이나 일곱 명으로 두면 더 빈틈이 없지 않나요? 육방신, 칠방신이라고 부르면서요.

뭐, 그럴 수도 있지. 경우에 따라서는 육방신, 칠방신을 쓸 수도 있겠지. 아무튼 오방신은 우리 조상들이 많이 모신 신 가운데 하나야. 사신과 사천왕이 변형되면서 이런 신들이 탄생한 거야.

　—이모님, 그럼 오방색이라는 것도 그렇게 해서 생겨났다고 볼 수 있나요?

　그럴 수도 있고 아닐 수도 있어. 오방색이란 청색, 붉은색, 황색, 흰색, 검정색으로 청색은 동쪽, 붉은색은 남쪽, 황색은 중앙, 흰색은 서쪽, 검정색은 북쪽을 의미하거든.

　—어, 이모님! 듣고 보니까 사신도에서 청룡은 동쪽을 방어했잖아요. 어두운 색인 현무는 북쪽을 방어했고요.
　—이야, 순관이 네 말 듣고 보니 정말 그러네! 사신도에 있는 백호는 서쪽을 방어했잖아? 남쪽을 붉은색인 주작이 지키고 있고. 그럼 하늘이 황색인 것은 혹시 태양 때문인가?

　이제 너희가 알아서 다 풀어 가는구나! 맞아, 사신도에 나오는 신들은 오방색과 관련이 있어. 우리 조상들은 그렇게 다섯 방향, 다섯 색깔을 아주 중시한 거야. 그건 어떤 종교와도 크게 관련이 없어.

중앙은 북극성을 기준으로 했다고 알려져 있어. 그래서 황색은 별의 색깔인 거지.

언제부터였는지 모르겠지만 이 다섯 가지 색을 이용하여 생활 도구를 만들어 쓰거나 옷을 만들어 입으면 땅과 하늘의 기운이 생기고, 나쁜 병에 걸리지 않으며 오래 산다고 생각했어. 그래서 결혼할 때 신부 얼굴에 붉은 주작의 기운을 발라 주었고, 어린아이가 병에 걸리지 않고 잘 자라라는 뜻으로 색동저고리를 입혔지. 간장 항아리에는 붉은 고추를 끼운 금줄을 둘렀으며, 잔칫상에는 오색으로 고명을 얹은 국수가 나왔어. 또 붉은빛이 나는 황토로 집을 지었고, 궁궐이나 절에 오색으로 단청을 한 거야.

―그게 다 오방색과 관련이 있군요.

―이모, 그렇다면 오방색은 우리 조상들이 가장 많이 쓴 색이라고 할 수 있잖아. 오방색이 미신을 믿는 사람들이 즐겨 쓰는 색으로 알려진 것은 잘못이네?

그건 우리 조상님에 대한 모독이야. 오방색이라는 전통문화를 나쁜 것으로 매도하는 것은 잘못됐지. 오방색이나 오방신은 절대 매도당할 짓을 하지 않았거든. 오히려 오랫동안 우리 조상들의 마음을 위로해 주었지. 또한 생활 깊숙이 자리 잡아서 때론 아름답게,

때론 편안하게 해 주었어.

　─이모님, 이제 알겠어요. 저, 이 선물 감사드려요. 이렇게 좋은
뜻이 있는 줄 몰랐어요.

　아니야, 이런 이야기를 들어 줘서 오히려 내가 고맙지.

귀신 잡는 최고의 전문가 종규

자, 악귀를 물리치는 신에 대한 이야기를 하나 더 해 줄게. 이번에 들려줄 신은 우리 조상들의 생활에 깊숙이 파고들어 같이 살아왔으나 이상하게도 널리 알려지지 않았어. 내가 어렸을 때만 해도 새해가 되면 이 신이 그려진 선물을 주고받기도 했지.

우리 조상들이 가장 받고 싶어 하던 새해 선물은 그림이야. 물론 모든 그림을 다 좋아했지만 그중에서도 '종규도'를 가장 선호했어.

ㅡ이모님, 종규도라고요?

ㅡ이모, 나도 첨 들어 봐. 그게 무슨 그림이야?

'종귀도'라고도 부르는데 종규라는 신이 그려진 그림이야. 이 종규도라는 그림은 특히 높은 벼슬아치들이 좋아했대. 그들은 도화서에 다니는 화가 중에서 가장 그림을 잘 그리는 사람을 은밀하게 불러 "우리 친구한테 줄 선물이니 각별히 신경 써서 종규도를 하나 그려 주게" 하고 부탁하는 거지. 당연히 도화서에 다니는 화가들은 연말이 되면 무척 바빠졌어. 여러 양반들이 찾아와서 이러저러한 그림을 부탁했기 때문이야. 특히 왕실이나 높은 벼슬아치에게 선물할 그림을 부탁받으면 더욱 집중해서 그려야 했겠지?

나쁜 귀신을 전문적으로 퇴치하는 종규는 머리 모양이 덥수룩하고 눈이 부리부리하게 생겼다. 대부분 무인처럼 칼을 가지고 있다. 종규도.

종규도가 어디 있더라. 종규는 사람을 해치는 귀신만 잡아내는 특별한 신이기 때문에 옛날부터 화가들이 아주 많이 그렸어.

—아, 저 사람이 종규라는 신이라고요? 무시무시하네요!

—아주 칼을 잘 쓰는 무사 같은데? 전혀 신 같지 않아. 우리나라 신화에 나오는 그림은 서양 신화에 나오는 그림이랑 좀 다른 것 같

아. 이건 조선시대에 흔히 볼 수 있는 무인의 모습이 아닐까? 신이라면 훨씬 과장되고 환상적으로 그려야 하지 않나?

채영아, 네 말대로 환상적이면서 과장되게 그린 신도 있고, 보통 사람처럼 그린 신도 있어. 하지만 전체적으로 서양 신에 비해 과장되지 않은 건 사실이야. 사천왕은 다소 과장되어 있지만 삼신할미, 산신령, 오방신, 종규, 불사할머니 등 일반인이 편안하게 모시는 신은 거의 과장되어 있지 않아.

종규에 대한 경전이 있는 것도 아니고, 종규를 따르는 특별한 신자가 있는 것도 아니며, 종규만 모시는 신전이 있는 것도 아니야. 어쩌면 그래서 과장되게 그리지 않았을지도 몰라. 집 안에 편안하게 모셔야 하거든. 그래도 옛 그림에 나온 종규를 보면 아주 용맹하다는 것을 알 수 있어. 종규가 커다란 칼을 빼 들고 귀신을 향해서 소리치고 있잖아?

"으악! 저, 저놈은 칼로 빛을 자를 수 있을 정도로 대단한 놈이야. 달아나자!"

귀신들이 달아나는 소리가 들리는 것 같구나! 바람을 마주보면서 귀신을 향해 칼을 휘두르는 모습이 무시무시하다는 느낌이 들기도 해. 종규는 바람처럼 하늘을 날아다니지. 귀신을 상대해야 하니까 얼마나 대단한 재주를 가져야 하는지 짐작이 갈 거야. 종규는 바람 소리와 귀신 소리도 구별해 내고, 귀신이 제 모습을 감추고 들어와도 다 알아보는 눈을 가지고 있어. 한마디로 귀신 잡는 최고의 전문가라고 할 수 있지.

그렇다고 모든 종규 그림이 용맹하게 칼을 휘두르는 모습만 그린 것은 아니야. 종규는 귀신들 사이에서 무서운 신이라고 소문이 나 있기 때문에 굳이 칼을 휘두를 필요도 없을 때도 있어. 그래서 인자한 할아버지 같은 종규의 모습에도 귀신들이 벌벌벌 떨었지. 화가들은 다양한 종규를 그려 놓고 각자 취향에 따라서 고르도록 했어. 집안에 우환이 자주 생기면 "음, 올해는 매섭게 칼을 휘두르는 종규도를 구입해야겠어!" 하고 저 종규도랑 비슷한 그림을 고를 수도 있고, 집안이 평화로운 사람들은 "나는 환하게 웃고 있는 종규도가 좋구먼" 하고 그걸 고르겠지.

—이모님, 종규도는 어디에 붙이는 건가요?

그건 붙이는 사람 마음이니까 대문에 붙이기도 하고, 방문 옆에 붙이기도 하겠지. 어쨌든 새해 선물로 주고받았으니까 눈에 잘 띄는 곳에다 붙여 놓았어.

—그럼 종규 앞에서 기도도 했나요?

171

종규도를 집에 붙여 놓는 이유는 수시로 마주치면서 기도를 하기 위해서야. 교회나 절에서 무릎을 꿇고 하는 것만이 기도가 아니야. 마음속으로 간절하게 비는 것도 기도야. 사람에 따라서는 종규 앞에 날마다 정화수 같은 맑은 물을 떠 놓고 빌기도 했겠지.

지난해에도 종규도를 사다가 문에 걸어 두는 사람을 봤단다. 그러니까 종규는 여전히 우리 주변에서 살아가는 것이나 마찬가지야. 지금까지도 인기가 좋은 신이라고 할 수 있지.

5장

죽어서
다시 신으로
환생한 사람들

신이 되려면 살아 있을 때 삶이
사람들에게 감동과 존경을
불러일으켜야 했어.

대부분의 신은
장군이었다

아무리 유명했던 사람이라고 해도 죽고 나면 서서히 잊히는 게 사실이야. 그런데 살아 있을 때보다 죽어서 더 유명해지고 오래오래 기억에 남는 사람도 있어.

─이모님, 신사임당 같은 사람이 그런 경우가 아닐까요? 우리 역사에서 가장 위대한 인물은 세종대왕이나 이순신 장군 같은 분이겠지만, 그 사람들은 당시에도 유명했을 것 같아요. 근데 신사임당은 당시에 지금만큼 유명하지는 않았겠지요. 근데 지금은 지폐에 인쇄될 정도로 유명한 사람이 되었잖아요.

그래, 순관이 말처럼 신사임당은 당시에 크게 유명하지 않았겠

역사적인 인물로 추앙받는 신사임당은 남편을 과거에 합격시켰고, 아들 이이는 무려 아홉 번이나 과거에 급제한다. 5만 원권에 인쇄된 신사임당.

지. 지금은 가장 고액권인 5만 원권 지폐에 나오는 위인이 되었으니 대단해. 이렇게 신사임당처럼 후대의 평가를 통해 존경받는 위인으로 남기도 하지만, 신으로 모셔져 오래오래 기억되는 경우도 있단다. 이번에는 그런 사람에 대해서 이야기하려고. 실제로 존재한 사람들 중에서 죽은 뒤에 다시 신이 된 사람들! 그럼 어떤 사람들이 죽어서 신으로 모셔졌을까?

—글쎄요. 신사임당도 신으로 모시지 않았을까요? 아, 최영 장군을 신으로 모셨을 것 같아요.

—맞아. 그러고 보니 주로 장군을 신으로 모신 것 같은데. 이순신 장군도 그렇고.

신사임당이 신으로 모셔졌을 수도 있겠지. 혹시 신으로 모셨다고 해도 최영 장군이나 이순신 장군에 비해서는 적은 사람들이 모셨겠지. 너희가 알고 있는 것처럼 죽어서 신이 된 사람 대부분이 무인(武人)이야. 아주 강력한 힘을 가지고 있는 장수이지.

유명하다고 해서 누구나 신이 되는 건 아니야. 여러 가지 조건이 있어야 하는데, 그중 가장 중요한 것이 악귀들을 물리칠 수 있는 힘이 있어야 하는 것이지. 무인들은 창칼을 자유롭게 다루기 때문에 악귀들이 두려워해. 정승으로 유명한 황희 같은 사람이 신으로 모셔지지 않은 것도 그 때문이야. 황희는 정치를 잘했다고 전해지지만 귀신들이 두려워하지는 않거든. 그래서 문인들 중에서는 신이 된 사람이 드물어.

중부지방에서
인기가 좋았던 최영장군신

———————◆———————

—이모, 귀신들도 싸울 때는 칼이나 창을 쓰는 모양이네? 만화에
서는 귀신이 막 날아다니면서 요술을 부리기 때문에 총칼은 필요
없는데 말이야.

채영아, 신이란 살아 있는 사람들이 만들어 낸 것이잖아? 그래서
사람에 따라서, 민족에 따라서 혹은 사는 지역에 따라서 같은 신도
다르게 받아들이지. 그러니 어떤 곳에서는 신의 세계에서도 칼이나
창으로 싸운다고 생각할 것이고, 다른 곳에서는 무기를 쓰지만 그
게 인간 세계와는 달리 빛을 뿜거나 바람을 일으키는 요술이 될 수
도 있는 거야. 분명한 것은 무인이 칼이나 창을 들고 있으면 무겁게
느껴지잖아. 그래서 귀신들이 두려워하는 거야. 장군신 중에서 가

장 유명한 사람은 최영이란다.

—이순신 장군이 아니고요?

그렇단다. 최영장군신이 가장 많이 모셔졌어. 고려시대 장수인 최영은 조선이 개국한 다음에도 오래오래 신으로 모셔졌어. 더구나 최영은 조선을 만든 이성계를 반대하다가 죽은 사람이잖아? 그런 데도 조선 사람들이 최영을 최고의 신으로 모셨다는 것은 참 뜻밖이라고 할 수 있지.

최영은 고려의 명장이지만 이성계에게 패하고 억울하게 죽었지. 그래서 무당들이 죽은 최영을 신으로 모신 거야. 최영은 '최일장군'으로 불리기도 해. 〈최영장군도〉를 보면 왕과 같은 분위기가 느껴질 정도로 위엄 있어 보이기도 해. 억울하게 죽은 최영을 거의 왕처럼 예우해 주면서 더욱 강력한 신으로 환생시킨 것이라고 볼 수 있어.

최영장군신을 믿는 사람들은 전국에 있겠지만 그중에서도 중부지방 사람들이 가장 많이 모셨어. 그리고 바닷가에 사는 사람들도 많이 믿었지. 특히 제주도에서는 지금도 최영장군신을 믿는 사람들이 많단다. 최영은 오랫동안 제주도에서 강력한 신으로 군림해 왔지.

—이모, 그건 왜 그래? 최영장군신은 중부지방 사람들이 많이 믿

었다면서? 근데 제주도라니, 좀 이상하잖아?

고려시대 때 제주도는 늘 골칫덩어리였어. 육지에서 멀리 떨어져 있었기 때문에 중앙정부의 힘이 미치지 못한 거야. 그래서 자주 반란이 일어나고 제주목사가 피살되기도 했지. 정부에서도 그걸 알지만 워낙 거리가 멀고 먼 바다를 건너가야 하기 때문에 뜻대로 할 수가 없었어. 그런데 최영이 수군을 끌고 가서 반란을 일으킨 자들을 다 진압해 버렸어. 얼마나 무섭게 진압을 했는지 최영이라는 말만 들어도 반란을 일으킨 사람들이 부들부들 떨 정도였대. 그때부터 최영이 유명해진 거야. 제주도 앞에 있는 추자도 같은 섬에 가면 지금도 최영을 신으로 모시는 집들이 있단다.

—섬이나 바닷가 마을에서 최영장군신이 많이 모셔졌다는 것이 좀 뜻밖이네요. 제가 생각하기에는 장보고나 이순신 장군이 더 인기가 있었을 것 같아요.

—그러게 말야. 근데 이모 말을 들어 보니 최영은 육군뿐만 아니라 해군도 지휘하면서 활동하셨네! 그건 잘 몰랐던 이야기야.

마을 단위로 최영을 신으로 모시고 제사를 지냈는데, 그렇게 하면 마을에 풍년이 들고 액운이 들어오지 못한다고 생각했어.

최영이 이성계에게 패하고서 고려가 멸망했다. 그런데도 최영은 죽지 않는 신이
되어 큰 영향력을 미쳤다. 특히 바닷가에서 많이 모셨으며, 제주도에서는 아주
강력한 신이 되었다. 최영장군도.

바닷가 마을에는 어부들이 많기 때문에 최영장군신이 물고기를 많이 잡게 해 주고, 바람을 잔잔하게 해 준다고 생각했지. 최영이 거대한 수군을 끌고 제주도로 향했을 때 그 험한 서해, 남해의 파도가 잔잔해졌다고 전해져. 사실 제주도에서 반란을 일으킨 이들은 바닷길이 험하기 때문에 수군을 두려워하지 않았어. 풍랑이 다 막아 줄 거라고 생각했지. 근데 최영이 엄청나게 많은 배를 몰고 나타나자 깜짝 놀랐어. 그래서 최영이 죽자 바다를 다스리는 신으로 모셔지게 된 것이야.

―아하, 그래서 제주도에서는 최영장군신이 유명하구나. 어쨌든 다 이유가 있네!

소설 속 영웅이 된
임경업장군신

최영만큼 인기가 있었던 장군신은 임경업이야. 자, 〈무신도 임경업장군〉을 보자.

―뭐, 최영장군신이랑 비슷하네요.
―그러네, 갑옷 차림에 큰 칼을 옆에 세워 놓았네.

사실 장군신의 모습은 다 비슷비슷할 수밖에 없었어. 그 당시 옷차림이 그랬거든. 얼굴은 서로 다르게 생겼지만 그림의 구도는 비슷했지.

조선시대 무관이었던 임경업은 아주 뛰어난 장군이었대. 그는 몇 번 크고 작은 반란을 진압하면서 왕의 신임을 얻었어. 그 무렵 우리

옛사람이 사랑방에서 가장 많이 들었던 이야기 중 하나가 임경업전이다. 그만큼 대중들에게 인기가 있었으니 신이 되어서도 당연히 인기가 있었다. 무신도 임경업장군.

가 오랑캐라고 생각하는 여진족의 세력이 강해지면서 명나라를 침략하고 조선도 침략했지. 임경업은 오랑캐를 무찌르고 명나라를 도와야 한다고 생각했어. 그래서 청나라가 쳐들어오자 군사를 이끌고 싸워 보려고 했는데, 그게 제대로 되지 않았어. 생각보다 적이 강했던 거야. 결국 왕은 백성을 버리고 남한산성으로 도망쳤다가 항복하잖아? 그런데도 임경업은 끊임없이 청나라를 다시 공격해야 한다고 주장한 거야. 사실은 그게 당시 대부분 사람들의 생각이었단다. 왜냐하면 청나라는 오랑캐의 나라이기 때문이야.

하지만 청나라는 점점 강해졌고, 어쩔 수 없이 조선도 받아들일 수밖에 없었어. 그러나 임경업은 청나라를 인정하지 않았고, 결국은 명나라로 가서 명나라 군대를 이끌고 청나라와 싸우다가 포로로 붙잡히게 돼.

─와아, 프랑스의 최정예 부대인 외인부대나 다름없었네요. 역사적으로 우리나라 장수가 중국에 가서 중국 군사들을 지휘한 사례가 있나요?

─참, 대단하다. 얼마나 청나라를 싫어했으면 그랬을까?

역사적으로 그런 경우가 또 있는지는 모르겠어. 당시 왕이었던 인조는 임경업이 붙잡혔다는 소식을 듣고 청나라에 정식으로 요청

했어. 조선으로 인도해 달라고. 그러자 청나라에서는 왕이 직접 사형시킨다는 조건으로 인도해 주었지. 결국 임경업은 조선으로 와서 사형을 당했단다.

그런 과정에서 「임경업전」이라는 소설이 탄생하게 된단다. 오랑캐한테 패배하고, 그들을 황제의 나라로 받아들일 수밖에 없었던 수치감을 위로받고 싶었는지도 몰라. 그래서 임경업을 주인공으로 내세운 다음, 오랑캐를 물리치고 명나라를 구해 낸다는 다소 황당한 이야기를 지어낸 거야.

당시에는 임경업이 중국으로 가서 엄청난 공을 세웠다는 소문이 파다했어. 이미 민중들 사이에서 임경업은 영웅이 되어 있었지. 다들 청나라가 두려워서 벌벌 떠는데, 임경업은 끝까지 싸워야 한다고 주장했거든. 게다가 명나라까지 가서 청나라 군대와 싸웠으니 그 자체만으로도 대단한 거지. 그래서 명나라 황제가 임경업을 직접 불러서 장군으로 임명한 다음 청나라 군대와 싸우게 했다는 소문까지 돌았어. 위대한 영웅이 나타나서 오랑캐들을 혼내 주기를 바라는 민중의 염원이 만들어 낸 이야기라고도 할 수 있어. 그러니 임경업이 그 당시에 엄청나게 인기가 있을 수밖에. 신으로 환생하는 것도 당연한 일이지. 임경업은 죽어서 더 추앙받는 영웅이 되었어.

─이모님, 사실 전 「임경업전」을 읽어 보지 않아서 그런 내용인

지는 몰랐어요. 한번 읽어 볼게요.

　─순관아, 나도 소설은 안 읽었거든. 그런데 전에 〈남한산성〉이라는 영화에서 임경업을 봤어. 이모 이야기를 듣다 보니 그 영화도 생각나고, 나도 빨리 봐야겠네!

　장군신들은 대부분 갑옷 차림에 긴 칼을 들고 위풍당당하게 서 있어. 게다가 눈썹과 수염이 짙고 무성할 뿐만 아니라 눈도 크고 부리부리하지. 사천왕을 비롯하여 다른 신들도 이렇게 생겼지. 그래야 귀신들이 두려워하고 달아날 테니까. 옛날에 가장 강한 사람은 전쟁을 하는 무인들이었어. 다시 말하지만 그래서 신이 될 수 있었던 거야. 힘이 센 장군신들이 나라와 마을을 지켜 준다고 생각했으니까.

우리 민족의 가장 위대한 영웅
이순신장군신

―이모님, 이순신장군신도 있지요? 없다면 말이 안 돼요!

　당연하지. 우리 역사상 가장 위대한 인물 중 한 분으로 꼽히는 이
순신도 무당들이 모시는 신이었어. 이순신은 훌륭한 장군이지만 그
것만으로는 신이 될 수 없어. 무당과 사람들을 감동시킬 수 있는 아
픈 삶이 있었기 때문에 신이 됐지.
　이순신은 왜군과 몇 차례 전쟁에서 공을 세웠음에도 불구하고 여
러 차례 모략을 당해서 죽을 고비를 넘기고는 마지막 전투에서 장
렬하게 죽잖아? 죽어 가면서도 자신을 모함한 이들을 탓하지 않고
나라와 백성들만 생각했어. 그런 이순신의 마음이 모두를 감동시켰
고 죽은 뒤에도 위대한 신으로 탄생하게 됐지. 신이 되려면 여러 가

세계의 모든 국가들은 역사적인 인물을 지폐의 주인공으로 모신다. 이순신 장군은 우리나라 사람들이 가장 좋아하는 역사적 인물 가운데 하나다. 하지만 너무 일찍 지폐에 등장하는 바람에 고액권에 등장할 기회를 놓치고 말았다. 500원권 지폐에 인쇄된 이순신 장군.

지 요소가 있어야 하지만 결국 뭔가 한(恨)이 있어야 하는 거야.

앞서 말한 최영은 자신이 모시고 있는 왕이 아무런 힘이 없다는 것을 알면서도 끝내 이성계 쪽으로 붙지 않아. 이성계에게 충성하면 엄청난 부와 명예가 따른다는 것을 알면서도 타협하지 않지. 또한 이성계를 거부하면 당연히 죽음이 뒤따른다는 것을 알면서도 그 길을 걸어간 거야. 그런 충성과 절개는 많은 사람들을 감동시켰고, 그래서 사람들이 신으로 부활시킨 것이지.

임경업도 마찬가지야. 이미 국제 정치의 판도는 명나라가 아니라 청나라 쪽으로 넘어간 상태였지만, 그는 끝까지 오랑캐 나라인 청나라를 인정하지 않고 싸우다가 죽어 간 거야. 그것이 사람들의 마음을 감동시켰고 결국은 신으로 부활시킨 것이지.

조선시대 말 만화에 등장하는 이순신 장군으로 추정되는 그림. 수많은 초상화가 전해지지만 정확한 얼굴은 알 수가 없다.

이순신장군신도 비슷한 경우라고 할 수 있어. 하지만 이순신장군신은 최영이나 임경업만큼 인기가 있는 것은 아니었어. 이순신은 굳이 신이 아니어도 이미 사람들 마음속에 깊이 자리 잡고 있었기 때문인지도 몰라. 임진왜란이 일어난 이후로 이 땅에서 살아 온 사람들 중에서 이순신이라는 이름을 모르는 사람은 없거든. 그만큼 유명했고, 그 정신은 이미 사람들의 입과 귀를 통해서 전해지고 있었어. 그러니 굳이 신으로 부활시킬 필요가 없었을지도 모르지.

—너무 유명해도 불리하군요?
—신들의 세계란 참 알 수 없어.

백마장군신으로 부활한
가난한 농부 홍경래

———✦———

유명한 장군들만이 신으로 부활했던 것은 아니야. 조선 순조 때 평안도에서 살고 있는 홍경래라는 농부가 있었어. 평안도는 중국 국경과 가까워서 사신들의 왕래가 많은 곳이었고, 그러다보니 국가에서도 농부들에 대한 착취가 많은 곳이었어.

—아니, 국경과 가깝다고 해서 왜 농부들을 착취해요?

쉽게 생각하면 돼. 사신들에게 뭘 대접하려고 하면 그 근처에서 나는 농작물이 필요할 거 아니니. 그래서 국경 근처에 사는 농부들은 늘 시달렸지. 게다가 전쟁이 일어나면 가장 먼저 피해를 보고 곳이고, 자식들은 가장 먼저 군인으로 징집이 되어서 전쟁에 동원돼.

근데 정부에서는 그 지역에 배한 배려를 해 주지 않았고, 지역에서는 과거 합격자들도 거의 나오지 않았어. 그러니 이래저래 불만이 많을 수밖에 없었지.

결국 국경 지역 농민들이 들고 일어났지. 홍경래가 이끄는 농민들이 1811년에 반란을 일으켰어. 이게 바로 홍경래의 난이야. 농민군은 불과 열흘만에 청천강 이북 지역을 대부분 점령했단다. 그만큼 많은 농민들이 반란을 지지했지. 홍경래의 농민군은 어디를 가든 환영받았어.

―이모님, 그때 홍경래가 미륵을 자처했다면 더 엄청난 세력을 가질 수 있었을 텐데요. 갑자기 그런 생각이 드네요.

―순관이 너는 황당하면서도 기발한 면이 있다니까! 맞아, 홍경래가 "내가 미륵입니다. 여러분을 구제하여 좋은 세상으로 만들어 줄 테니 저를 따르십시오!" 했다면 더 많은 사람들이 모였을 거야. 안 그래, 이모?

이야, 그때 홍경래한테 너희 같은 참모가 있었다면 그렇게 했을지도 몰라. 아마 미륵을 자처했다면 훨씬 더 세력이 강해졌을 수도 있지. 아무튼 워낙 민심이 안 좋아서 홍경래는 쉽게 관군을 물리쳤어. 근데 잘 훈련된 관군들이 개입하면서 점점 밀려났고, 농민군은

백마를 탄 홍경래가 하늘과 땅을 오가면서 인간을 지키는 신이 되었다. 홍경래가 살아
서 활동했던 평안도 황해도에서 인기가 높았던 신이다. 백마장군도.

식량 부족과 병력의 열세로 고전하다 결국 1812년 4월에 모두 다 진압당한단다. 그때 엄청나게 많은 사람들이 처형을 당했어. 수천 명을 사형시킨 모양이야.

— 하아, 슬픈 일이네!

농민군은 진압되었지만 홍경래라는 이름은 전국적으로 퍼져 나갔어. 그만큼 정부가 정치를 못 하고 있었던 거야. 전국의 농민들이 홍경래를 지지했고, 비참하게 죽어 간 그를 안타까워했어. 그러면서 죽은 홍경래가 신으로 부활하게 된 거야. 하지만 반란자이기 때문에 홍경래신이라고 부를 수는 없었지. 그래서 그를 '백마신장' 혹은 '백마장군'이라고 하며 모시게 됐어.

— 우와, 근사하다! 멋있어! 저 백마장군신이 홍경래라고? 어쩌면 저렇게 근사하게 부활시켰을까?
— 이모님, 이걸 모르고 봤을 때는 아무런 느낌이 없었을 거예요. 근데 역사적인 사실과 연관해서 보니까 이해가 되고 감동이 있네요.

너희가 이렇게 이해해 주니 내가 더 고맙고 신이 나는구나. 물론 백마장군신을 다르게 이야기하는 사람도 있단다. 내 말이 전부 맞다고는 할 수 없어. 그렇지만 주로 평안도나 함경도, 황해도에서 모셔지는 백마장군신이 홍경래라고 생각해. 그만큼 그는 평안도 주변 사람들에게 큰 영향을 미쳤어. 어쩌면 어떤 영웅이 백마를 타고 나타나기를 바라는 마음이 깃들어 있을지도 몰라.

왕이 되지 못하고
뒤주 속에서 굶어 죽은
뒤주대왕신

무관이 아니면서도 신으로 환생하는 경우도 있어. 자, 이건 뒤주
대왕신이야.

―이모, 이건 진짜 무기도 없고 얼굴도 무섭게 생기지 않았네?
이 사람은 누구야?

이분은 영조의 아들인 사도세자란다. 혹시 아니?

―사도세자는 들어 봤어.

사도세자는 영조가 마흔두 살에야 얻은 늦둥이이자 둘째 아들이

역사적으로 가장 불행했던 인물 중 하나인 사도세자가 죽
어서 신으로 부활했다. 어두운 뒤주에 갇혀서 굶어죽은
그를 뒤주대왕신이라고 했다. 사도세자 초상화.

야, 옛날에는 나이가 마흔 중반만 되어도 얼굴이 할아버지처럼 보
였단다. 그러니 마흔두 살이면 나이가 많은 거야. 당연히 영조는 아
주 기뻐했어. 게다가 첫아들이 아홉 살 때 죽은 다음이라 더욱 귀하
게 생각했지.

영조는 사도를 왕세자로 책봉하고 왕이 될 교육을 아주 엄격하게 시켰어. 사도세자는 그런 부담 때문에 굉장히 힘들어했어. 왕이 되려면 어떤 학자보다 공부를 많이 해야만 하거든. 게다가 각종 예절, 국제 관계에 대한 것까지 다 알아야 해. 놀지도 못하고 날마다 붙잡혀서 공부만 하다 보니 스트레스가 엄청 많았겠지?

어린 사도세자는 그 스트레스를 먹는 것으로 풀었어. 날마다 식탐은 커졌고 몸이 점점 불어났으며 책만 보면 어지러웠어. 요즘 같으면 상담을 받으며 치료를 했겠지만 당시에는 그럴 수 없었어. 영조는 그런 세자를 더욱 엄하게 꾸짖었지. 그러니 사도세자는 아버지를 무서워하며 꺼렸고, 늘 긴장하고 움츠러들 수밖에 없었단다.

사도세자는 불안한 마음을 달래려고 늘 그림을 그렸단다. 수많은 그림을 그렸을 텐데 안타깝게도 지금은 개 그림 몇 점만 전해질 뿐이야.

―이게 사도세자가 그린 그림이라고? 이건 토종개가 아니라 서양개 같은데?

―이모님, 그 시절에도 이런 서양개가 있었어요?

당시 왕실이나 양반들은 늘 새로운 문명을 빨리 접했단다. 중국에서 새로운 물건이 들어오면 왕실이나 양반들이 먼저 살펴봐. 저

비운의 인물인 사도세자는 예술가로서 빼어난 재능이 있었다. 사도세자는 특히 개를 좋아했다고 한다. 이 그림에 나오는 점박이 개는 토종이 아닌 것으로 알려진다. 사도세자가 그린 견도.

개도 마찬가지야. 중국을 통해서 신기하게 생긴 개가 들어왔으니 어린 사도세자가 귀여워하지 않았을까. 사도세자는 예술가 기질이 강했어. 딱딱한 유교 경전을 읽는 것보다 시를 짓고 그림 그리기를 좋아했고, 방에 갇혀 지내기보다 말을 타고 밖으로 나가 놀기를 좋아했어. 근데 안타깝게도 왕자였기 때문에 마음껏 그럴 수가 없었지. 게다가 사도세자를 모함하는 사람들도 많았어.

　사도세자가 동물을 자주 죽인다는 소문이 나기 시작했어. 그뿐이 아니야. 사도세자가 후궁을 살해하기도 하고, 다른 여자를 겁탈하기도 하는 등 정말 상상도 할 수 없는 이상한 행동을 한다는 소문이 났어. 왕이 알아보니 그 소문은 사실로 드러났단다.

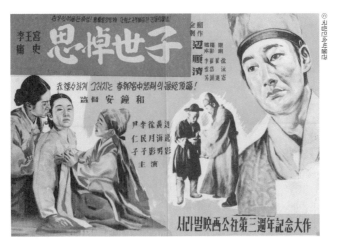

사도세자는 후대 예술에 자주 등장하는데 소설, 영화, 드라마가 그의 일생을 작품화했다. 영화 〈사도세자〉 포스터.

─ 대체 사도세자는 왜 그렇게 된 거예요?

너무 힘들었던 모양이야. 사도세자는 왕자로서의 삶이 행복하지 않았어. 또 영조는 따뜻한 아버지가 아니었단다. 어린 아들이 하는 행동이 항상 못마땅했어. 그래서 꾸짖기만 한 거야. 그러니 사도세자는 늘 스트레스를 받고 불안했지. 요즘으로 말하자면 우울증 같은 정신질환이 온 거야. 영조는 그런 사도세자한테 왕위를 물려줄 수 없다고 생각하고 뒤주에 가둬 버렸지.

─ 이모님, 뒤주가 뭐예요?

나무로 만든 함이라고나 할까? 항아리 대신 뒤주에 쌀을 보관했어. 영조는 그 속에 사도세자를 가두고 아무것도 주지 않았어. 뒤주는 몸을 제대로 움직일 수 없을 만큼 좁고 어두웠지.

―아, 끔찍해요! 생각만 해도…….
―얼마나 외롭고 힘들었을까 그 속에서. 한 나라의 왕자였는데.

사도는 7일만에 송장으로 나오게 된단다. 그 소식을 들은 사람들이 사도세자를 뒤주대왕이라고 부르게 됐지.

―이모님, 아무리 그래도 너무했어요. 꼭 죽일 필요는 없었잖아요. 그냥 왕위만 물려주지 않으면 되지 않았나요?

백성들도 그렇게 생각한 거야. 아버지인 영조가 너무했다며 사도세자에 대한 동정론이 여기저기서 나왔어. 그러면서 죽은 사도세자가 뒤주대왕신이 되어서 부활한 거야. 아버지한테 죽임을 당했으니 그 한이 얼마나 크겠니.

왕으로 모셔진
외국인 관우신

자, 이번에는 진짜 특별한 신을 소개할게. 옛날에 한양으로 들어가려면 반드시 네 개의 문을 거쳐야 했어. 이를 사대문이라고 불렀지. 흥인지문이라고 하는 동대문, 숭례문이라고 하는 남대문, 돈의문이라고 부르는 서대문, 숙정문이라고 부르는 북대문이야.

사대문 앞에는 특별한 장수를 모시는 사당이 하나씩 있었는데 사람들이 그 앞을 그냥 지나치지 않았어. 사람들은 사당 앞에 잠시 멈춰서 이렇게 기도를 했단다.

"제발 아들이 과거에 급제하게 해 주십시오."

"우리 아들은 삼대독자입니다. 제발 아들 하나만 점지해 주십시오."

— 이모, 그러니까 흥인지문이나 숭례문 앞에 사당이 있었다고?

그래, 중국의 유명한 장수의 신위가 모셔진 곳인데 이를 '묘(廟)'라고 했어. 사당이라는 뜻이지.

—아니, 왜 중국 장수의 사당을 거기에 만들었을까?

옛날에는 이런 사당이 많았어. 유교 사상가인 공자도 전국에 사당이 있었지. 옛날 사람들은 그렇게 사당을 만들어서 신위를 모시면 죽은 영혼이 찾아온다고 생각했거든. 사대문 앞에 만들어진 사당의 주인공은 관우란다.

—예? 관우라고요? 설마 삼국지에 나오는 그 관우를 말하는 건 아니겠죠?

바로 그 관우를 말하는 거야. 그래서 관왕묘라고 했는데 관왕사당이라는 뜻이지. 관왕묘가 성문으로 들어오는 나쁜 귀신이나 적들을 물리친다고 생각했어. 특히 동대문이나 남대문은 땅 기운이 약하다고 해서 일부러 관우의 묘를 만들어서 그 약점을 보완하려고 했지.

내가 친척들에게 온갖 사정을 다 이야기해서 돈 열 꿰미를 꾸어다가

너에게 노잣돈까지 주지 않았느냐? 너도 그때 다시는 내 앞에 나타

나지 않겠다고 굳게 약속을 하였다. 그런데 그 약속을 저 버리고 이

렇게 또 나타났단 말이야? 정말이지 관왕묘에라도 호소하여 너를 벌

주라고 해야겠다.

이것은 「도깨비 손님」이라는 옛날이야기에 나오는 한 대목인데,

도깨비가 약속을 지키지 않고 계속 나타나자 주인공이 관왕묘까지

들먹이면서 강하게 반발하고 있음을 알 수 있어. 사람의 힘으로는

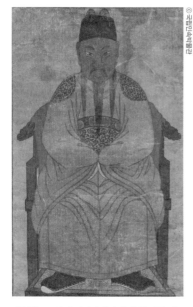

도깨비를 물리칠 수 없어서 관왕묘를 들먹인 거야.

　　—이모님, 쉽게 이해가 되지 않아요. 우리나라 신들도 많은데 왜 남의 나라 신을 모셔온 거지요?

　　자, 우선 관우신의 그림부터 보고 이야기하자.

　　이 그림을 보면 관우신을 거의 왕처럼 모시고 있음을 알 수가 있어. 가슴, 등, 어깨에 용무늬를 금으로 수

외국인으로서 우리나라에서 신이 된 관우. 흔히 관성제군이라도 불렸으며 전국에 이를 모시는 관왕묘가 있었다. 무신도 관운장.

안동관왕묘에 있는 관우초상. 임진왜란 이후 관우는 강력한 신으로 떠오르는데, 일본을 물리친 명나라가 관우신을 포교했기 때문이다. 안동관왕묘.

놓은 곤룡포를 입고 있잖아? 관우신이 나오는 무신도를 보면 곤룡포에 익선관이라는 모자를 쓰고 있어. 모자 맨 위쪽을 보면 매미 날개가 불룩하게 솟아 있는 것 때문에 익선관이라는 이름이 붙었어. 그건 왕이 쓰는 모자를 의미하기도 하지. 아무나 그런 모자를 쓸 수가 없어. 그러니 얼마나 파격적인 예우를 받았는지 알 수가 있겠지.

— 와, 그림만 보면 관우신은 왕이나 다름없네.
— 채영아, 관우는 왕이 못 되지 않았어? 유비가 왕이 됐던가?

그래, 살아생전 관우는 왕이 아니었단다. 관우는 중국 한나라의 장군으로 장비와 함께 유비를 도와 촉나라를 세웠어. 통일한 다음에는 유비가 왕이 되었지. 그런데 죽은 다음에 관우가 유비보다 더 높은 평가를 받고 왕처럼 모셔진 거야. 죽어서 신이 되고 왕처럼 모셔졌다는 것은 살아 있을 때도 유비보다 더 큰 존경을 받았다는 뜻이기도 해.

관우는 덕을 갖춘 장군이라고 하여 많은 사람들이 존경했어. 보통 무관들은 잘 싸우기만 했지만 관우는 그렇지 않았어. 함부로 적장을 죽이지 않았고 잡힌 포로는 다 풀어 주었어. 그래서 적국의 병사들도 관우를 존경했을 정도야. 또한 관우는 자신이 옳다고 생각하는 일은 목숨을 걸고 행동에 옮겼어.

—이모님, 근데, 관우가 아무리 훌륭한 사람이라고 해도 우리나라 사람이 아니잖아요? 왜 신으로 모셨는지 이해가 안 돼요.

—순관아, 나도 그 부분이 이상하지만 예수나 부처도 다른 나라 사람이잖아? 그런데도 지금까지 신으로 모시고 있잖아. 그렇게 생각하면 별로 이상할 것 없어.

잘 들어 봐. 관우가 우리나라에서 신으로 모셔지게 된 것은 임진왜란 때문이야. 너희도 잘 아는 것처럼 왜군이 쳐들어오자 선조는 국경 근처로 도망치면서 명나라에 도움을 청해. 여차하면 명나라로 도망칠 생각이었지. 다행히 명나라는 대군을 이끌고 와서 왜군을 물리쳐 주었어. 그때 명나라의 권유로 왕실에서 관우신을 받아들이게 되지.

명나라는 관우신이 나쁜 귀신과 적을 물리쳐 준다고 생각했거든. 그러니까 관우신이 나라를 지켜준다고 생각한 거야. 명나라는 조선을 도와준 사람들이고, 그 사람들이 관우신을 믿으면 좋다고 하니까 왕실에서도 거부할 수 없었어. 게다가 삼국지를 통해서 이미 관우를 알고 있었기 때문에 거부감 없이 받아들였지.

관우의 붉은 얼굴과 청색 언월도가 특징이다. 관우는 큰 언월도를 자유롭게 휘두른다. 관성제군도.

관우가 중국 사람이라는 것은 문제가 되지 않았어. 그래서 관우의 사당을 만들어서 제사를 지내게 됐어. 비록 우리나라 사람은 아니지만 관우는 이미 삼국지를 통해서 인품을 갖춘 장수로 알려졌잖아? 더구나 유비를 도와 촉나라를 세웠으니 그 힘이 대단하다고 생각했지.

신이 된 관우는 관성제군, 관제, 성제라고 불렀어. 최고의 신이라는 뜻이야. 왕들도 죽은 다음에 그런 대접을 받기는 쉽지 않았어. 그러니 관우신이 얼마나 대단한지 알 수 있지.

—아하, 그렇게 됐구나! 이모, 근데 이 그림을 보면 관우신 얼굴이 꼭 술 취한 사람 같아.

—어, 진짜 그러네! 왜 이렇게 얼굴이 붉어요? 뭔가 잘못된 건가요? 오래 되어서 색이 바랜 건가요?

아냐, 그건 잘못된 게 아니란다. 삼국지에는 관우가 키가 9척에 얼굴이 붉고 2척이나 되는 길고 아름다운 수염을 하고 있으며, 82근이나 되는 청룡언월도를 휘두르는 장수라고 적혀 있어.

관우 초상화를 보면 그 설명과 일치해. 얼굴이 붉다는 것은 보통 사람이 아니라는 뜻이겠지. 그리고 관우의 상징이나 다름없는 청룡언월도의 무게가 82근이라고 했지? 큰 돼지가 보통 100근이란다. 그러니 82근이면 거의 큰 돼지 한 마리를 한 손으로 휘두르는 셈이지. 보통 사람이라면 엄두도 낼 수 없는 정말 어마어마한 힘이라고 할 수 있어.

—와아, 큰 돼지 한 마리를 어떻게 들어?

그러니 관우가 말을 타고 청룡언월도를 휘두르면서 달려들면 다

달아날 수밖에 없지. 82근의 무게로 내리치면 그것을 창이나 칼로 막았다고 해도 웬만한 사람은 그 충격으로 쓰러질 거야. 그래서 관우를 신으로 모신 거야. 관우신은 우리나라 사람에게 인기가 좋은 편이었어. 그래서 사대문 앞에 있는 관왕묘에 가면 소원을 빌고 있는 사람이 많았지.

─이모님, 그럼 장비는 신으로 모셔지지 않았나요?

당연히 장비도 신으로 모셔졌지. 장비는 유비와 관우를 형님으로 모시고 뜻을 같이 한 장수라는 거 다 알지? 힘이 세고 용감한 장수로 알려졌어. 장비의 무기는 장팔사모야.

─궁금한 게 있는데요. 왜 관우나 장비가 들고 있는 청룡언월도나 장팔사모는 저렇게 길어요?

하하하, 그건 말이야, 말을 타고 달리면서 사용하는 무기이기 때문이지. 말은 키가 크기 때문에 무기가 짧으면 상대를 가격할 수 없잖아? 저렇게 길면 말을 타고 있는 적을 공격할 수 있고, 땅에 있는 적군을 타격하기도 쉽지. 대신 무겁기 때문에 힘이 없으면 사용할 수가 없겠지. 아무튼 관우 때문에 장비도 신으로 모셔졌지만 아무래

도 관우와는 비교할 수가 없었어.

관우 덕분에 우리나라에서 신으로 모셔지는 사람이 또 있단다. 촉나라 재상인 제갈량이야. 제갈량은 뛰어난 전략가로 유비와 관우를 도와 촉나라를 세웠어. 그래서 제갈량이 신으로 모셔진 거야. 무신도에 나오는 제갈량을 보면 보통 부채를 들고 있단다. 그것은 단순한 부채가 아니고 신선이 들고 다니는 것이야. 신선과 마찬가지로 세상 모든 이치를 다 깨달았

오른쪽에 익선관을 쓴 사람이 관우이고 뒤에서 책을 들고 있는 이가 장비다. 신이 된 장비는 지혜로운 신하로, 관우는 강력한 힘을 가진 왕으로 등장한다. 무신도 관우와 장비.

다는 뜻이지. 제갈량신은 제갈공명이나 와룡선생이라고도 하는데, 복을 가져다 주는 것으로 알려졌어.

그럼 유비는 어떨까? 유비도 신으로 모셔지기는 했지만 관우와 비교할 수 없을 정도였어. 비록 현실에서는 유비가 왕이었고 관우가 부하였지만 죽어서는 관우가 최고의 왕이었거든. 그래서 살아 있을 때와는 다르게 관우신이 왕이고, 유비신, 장비신, 제갈량신은 그의 부하였어.

조선시대 화가들이 많이 그렸던 인물 중 하나인 제갈량(오른쪽)은 지혜의 신으로
많은 사람에게 영향을 미쳤다. 무신도 제갈공명.

―살아 있을 때와 죽었을 때가 그렇게 다르네.

―어쨌든 관우가 신이 되어서 왕으로 모셔졌다는 것은 유비보다 더 좋은 평가를 받았다는 뜻이잖아요? 그걸 보면 잘 살아야 한다는 생각이 들기도 해요.

이밖에도 많은 신들이 있는데 오늘은 여기까지! 다음에 또 시간이 되면 이야기해 줄게.

중요한 것은 신이란 살아 있는 사람들이 필요해서, 즉 위로받고 의지하고 싶어서 만들어 냈다는 거야. 그렇다고 해서 아무나 신이 될 수는 없었지. 신으로 모셔지기 위해서는 살아 있을 때의 삶이 아주 중요해. 그의 삶이 사람들을 감동시켜야 하고, 존경받아야만 해. 자기 자신만을 위해서 이기적으로 살아 간 사람들은 절대 좋은 신이 될 수가 없어. 그건 분명해.

우리 조상들이 믿고 의지해 온 수많은 신들, 그러니까 산신령부터 삼신할미, 최영장군신, 관우신까지 비록 작은 경전 하나 없는 신들이지만 우리 조상에게는 고마운 신이었어. 우리 조상들과 함께 살아온 신이기 때문에 그의 이야기도 우리의 역사이자 문화라고 생각해.

앞에서도 말했지만 산신령이니 오방신이니 하는 신들은 수천 혹은 수만 년 전부터 우리 조상님과 같이 살아왔어. 사람들이 그런 신들을 더 이상 모독하지 말았으면 좋겠어. 우리가 샤머니즘이라고 말하는 것에 손가락질해서도 안 돼. 왜냐하면 샤머니즘은 우리 조상들이 행복하고 올바르게 살도록 도와주었거든.

물론 아주 일부 샤먼들이 특정 신을 들먹이면서 나쁜 짓을 할 수는 있겠지만 원래 샤머니즘의 정신은 그렇지 않다는 뜻이야. 나는 그런 이야기를 너희에게 해 주고 싶었단다. 우연찮게 그런 이야기를 하게 되었는데 이렇게 끝까지 들어줘서 고맙구나! 정말 고맙다!

— 이모님, 제가 오히려 고마워요! 이런 기회가 아니었으면 저는 영영 몰랐을 거예요. 산신령은 그냥 옛날이야기에나 나오는 거라고 생각했을 거예요. 불사할머니나 백마장군신 같은 것은 미신이라고 치부해 버렸을 거예요. 정말 감사해요. 이모님 말씀을 듣고 보니 그런 수많은 신들이 우리 조상님들이랑 같이 살아왔다는 생각이 들어요. 그게 미신인지 어쩐지 그런 건 잘 모르겠어요. 사람들이 더 행복하게 살아갈 수 있도록 도와주려고 했다는 점만큼은 분명한 것 같아요. 꼭 샤머니즘과 유쾌하게 대화를 한 기분이에요.

오! 세상에 그런 말을…… 채영아, 네 남자 친구 정말 대단하네.

— 고맙습니다, 이모님! 근데 진짜 샤머니즘을 만나서 편안하게

이야기를 들은 기분이에요.

　—이모, 나도 그래. 이야기를 듣다 보니 이모에 대해서도 더 알게 된 것 같고 그래서 좋아. 신에 대한 것을 역사적인 맥락으로 들여다보면서 들으니까 더 이해가 됐어. 다음에 또 다른 이야기를 듣고 싶어.

　아이고, 살면서 고맙다는 말을 이렇게 많이 들어 보기는 처음이네. 자, 이제부터 준비한 음식을 본격적으로 먹어 볼까!

신과 함께 살아온 사람들

ⓒ 이상권, 2020

초판 1쇄 발행일 2020년 10월 26일
초판 2쇄 발행일 2022년 5월 16일

지은이   이상권
펴낸이   정은영

펴낸곳   (주)자음과모음
출판등록   2001년 11월 28일 제2001-000259호
주소   10881 경기도 파주시 회동길 325-20
전화   편집부 (02)324-2347, 경영지원부 (02)325-6047
팩스   편집부 (02)324-2348, 경영지원부 (02)2648-1311
이메일   jamoteen@jamobook.com

ISBN 978-89-544-4528-3 (44080)
        978-89-544-3135-4 (set)

이 도서의 국립중앙도서관 출판예정도서목록(CIP)은 서지정보유통지원시스템
홈페이지(http://seoji.nl.go.kr)와 국가자료공동목록시스템(http://www.nl.go.kr/kolisnet)에서
이용하실 수 있습니다. (CIP제어번호: CIP2020041748)